KB266207

퐁틱탁톡

폴 틱 탁 톡
글·아몬드파파 그림·일공
좋은땅

이야기를 시작하며

6.25 전쟁이 터진 그해 나는 태어났다. 전쟁이 끝났을 때, 우리 집안의 남자 어른들은 모두 사라지고 겪어 보지 못했던 가난이 시작됐다. 서울에서 살던 나는 10살 무렵 시골의 초등학교로 전학을 가야 했다. 온통 산과 숲으로 둘러싸인 그곳은 자연과 자연스럽게 친해질 수밖에 없는 환경이었다.

나는 숲이 좋았다. 온갖 모양의 나무들과 작은 솔방울 새와 다람쥐, 그리고 풍뎅이, 사슴벌레 같은 곤충들이 내 마음을 설레게 했다. 특히 반짝이는 알밤을 줍던 밤나무 숲은 늘 무언가를 기대하게 했다. 나는 비 온 다음 날 아침이면 검정 고무신을 축축이 적시며 삿갓버섯 같은 걸 채집하러 밤나무 숲을 돌아다니곤 했다. 숲은 계절 따라 우리에게 늘 무언가를 주었다.

숲은 우리들의 놀이터이자 배움터였다. 학교를 다녀오면 친구들과 산에 올라가 산딸기를 찾아다니고, 앉은뱅이 상수리 가지로 지은 움막에서 삿갓버섯을 호박잎에 싸 광솔 불에 구워 먹으며 배고픔을 견디는 지혜를 배웠다.

그즈음 호기심이 발동해 초등학교의 마루 밑에 들어가게 되었는데, 그곳은 보물창고였다. 마루에 뚫린 구멍을 통해 별별 물건들이 다 떨어져 있었다. 마루 밑에는 도마뱀이 많았다. 시원한 마루 밑은 거미나 하루살이 같은 먹이가 많아 도마뱀이 모여 살았던 것 같다.

5학년이 되었을 때, 학교 교무실에 '어린이 문고'가 생겼다. 나는 바로 독서삼매경에 빠졌고, 졸업할 때는 더 이상 읽을 책이 없었다.《암굴왕》,《로빈슨 크루소》,《톰소여의 모험》등 세계문학의 거의 대부분을 그때 읽었다. 그때부터 나는 이야기꾼이 되어 겨울이면 햇볕이 따스한 담장 밑에서, 여름에는 나뭇가지로 만든 시원한 움막 속에서 아이들을 모험의 세계로 빠뜨렸다. 우리들은 '몬테크리스트 백작'이 되어 통쾌한 복수를 하고, 소인국의 '걸리버'가 되어 영웅 대접을 받는 상상으로 가난의 서러움을 잊었다.

이 동화에서 주인공이 겪는 경험들은 그 어려운 시절을 지나온 많은 아이들이 겪은 것들이다. 전쟁의 상처로 헐벗고 찢겨진 이 강산에 아이들의 해밝은 웃음소리와 순수한 우정이 있었기에 우리는 배고픔을 견디며 '구구단'을 외우고, '가갸거겨'를 외치며 꿈을 키워 왔는지도 모른다.

난 그 시절이 불행했다고 기억하지 않는다. 숲속에서 산딸기를 발견하면 나눠 먹을 줄 알았던 우정과 학교에서 나눠주는 우유가루 한 줌을 집에서 기다리는 동생들을 위해 책보자기에 소중히 싸 넣던 마음들이 춥고 서글펐던 기억들을 넉넉히 덮어 줬다고 믿기 때문이다.

60년의 세월이 훌쩍 지나 '메뚜기도 짐이 된다.'는 할아버지가 됐지만 나는 지금도 그 시절을 추억하면 코끝에서 풋풋한 풀 냄새가 느껴진다.

모든 상황 속에서 나와 동행해 주신 아버지께 감사하며, 나를 참고, 믿고, 바라며 견디어 준 사랑하는 아내와 가족에게 이 동화를 바칩니다.

차례

1
마루 밑의 비밀

지금은 등교시간, 하지만 웅이는 거울 앞에서 패션쇼 중입니다.

"아차차!"

남대문이 훤히 열렸네요. 이것저것 갈아입다 보니 정신이 없습니다. 방바닥에는 빨주노초파남보 온갖 색깔의 옷들이 어지럽게 널려 있습니다.

잠시 후 거울 속에 하얀 반바지에 노란 스포츠카가 그려진 검정 티셔츠의 멋쟁이가 서 있습니다.

"오~~ 역시~!"

그런데 헤어스타일이 영~ 빵점입니다. 간밤에 까치들이 머리에 집을 지어 놓은 것 같습니다. 하지만 지금은 머리를 감을 시간이 없습니다.

"모자를 써 볼까?"

그러나 모자도 없네요.

"방법을 찾아야 해!"

웅이는 태어나서 11살이 될 때까지 머리칼에 무슨 짓도 해 본 적이 없습니다.

"오케이!"

번개같이 떠오른 아이디어! 웅이는 부엌으로 달려가 기름병을 들고 와 거울 앞에 섰습니다. 그리고 기름을 손바닥에 부어 머리에 척척 발라 봅니다.

"와우!"

까치집 같던 머리가 바로 물개 머리처럼 반들반들해졌습니다. 문제는 간단하게 해결되었습니다. 그런데 방 안에 고소한 참기름 냄새가 진동을 합니다.

"역시 난 해결사야."

머리를 위로 빗어 올려 도끼 모양 머리를 만들어 봅니다. 머리카락들이 착착 말도 잘 듣습니다.

"근데… 이런 스타일은 내가 별론데."

이런 헤어스타일은 왠지 철없고 불량해 보입니다. 웅이가 제일 싫어하는 게 완수 같은 철딱서니 없는 인간입니다.

"서울 여자애들은 어떤 스타일을 좋아할까?"

이번에는 2대8 가르마를 해 봅니다.

"가만… 가르마가 왼쪽이야, 오른쪽이야?"

헤어스타일은 갈팡질팡하는데, 아까부터 통통하게 불러오던 아랫배가 짜릿짜릿 긴급 신호를 보내옵니다.

"오줌 누러 갔다가 똥도 마려우면 어떡하지?"

그때 '뻐꾹! 뻐꾹!' 뻐꾸기시계가 9시를 알립니다.

"아차차! 지각이닷!"

웅이는 빗을 집어던지고 책가방을 들고 냅다 뜁니다.

'삼거리에서 김수정을 만날지도 몰라!'

고소한 냄새를 풍기는 2대8 가르마를 반짝이며 슈퍼삼거리에 도착한 웅이는 교회 언덕을 바라봅니다. 언덕길엔 쌩하니~ 강아지 한 마리 보이지 않습니다.

"에이, 벌써 갔잖아!"

화풀이로 힘껏 걷어찬 돌멩이가 쌩 날아가더니, 슈퍼 앞에서 아침식

사 중이던 장군이 밥그릇에 명중하며 와장창! 밥그릇을 엎어 버립니다.

"왕!"

식사 중에 날벼락을 맞은 장군이가 맹렬하게 달려듭니다.

"으악!"

웅이는 길바닥에 때그르르 굴러 간신히 장군이 이빨을 피했습니다.

"왕! 왕!"

공격에 실패한 장군이가 분을 참지 못하고 날뛰자, 줄에 묶인 개집이 들썩들썩합니다. 그때 '드르륵' 가게 문이 열리고 완수 엄마가 소리칩니다.

"들어가!"

장군이는 냉큼 자기 집으로 들어가고… 완수 엄마 얼굴이 사라진 문틈으로 두둥실 붕어빵처럼 닮은 얼굴이 나타나 웅이 머리를 보고 한마디 합니다.

"찌질이, 장가가냐?"

'우씨! 왕 재수!' 급히 바지를 털며 일어나던 웅이가 '아이고….' 그냥 주저앉고 맙니다.

"뭐야? 쌌어? 대박!"

완수가 환호성을 지르며 노란 지도가 그려진 웅이의 하얀 반바지에 손가락질을 해댑니다.

"늦었는데 뭐하고 있어!"

완수 엄마가 안에서 소리치자, 완수는 신발주머니로 빙빙 풍차돌리기를 하며 소리칩니다.

“심~ 봤~ 다~”

웅이는 척척한 팬티가 엉덩이에 달라붙어 기분이 끔찍합니다. 하지만 지금은 죽어라 달리는 수밖에 없습니다. 달리는 웅이 머릿속에 불길한 상상들이 로또 추첨기의 공들처럼 마구마구 튀어 오릅니다.

“떠벌리면 가만 안 있을 거야!”

절박한 웅이 마음은 이대로 달리고 달려 지구 밖으로 나가 버리고 싶습니다.

“할머니!”

대문에 들어서며 볼멘소리로 소리칩니다. 집에 아무도 없다는 걸 몰라서가 아닙니다. 웅이는 지금 하소연할 누군가가 필요합니다.

“아~ 짜증 나!”

책가방을 마루에 집어던지고 노란 지도가 그려진 반바지와 지린내가 풍기는 팬티를 빨래 통에 처넣었습니다. 패션쇼 덕분에 방안은 온통 난장판입니다. 웅이는 교복처럼 매일 입고 다니는 멜빵 청바지를 찾아 입었습니다. 엉덩이는 한결 개운해졌지만, 기분은 장마철 운동장처럼 우중충합니다.

“학교 가지 말까?”

웅이는 4학년이 될 때까지 한 번도 결석한 적이 없습니다.

햇볕 가득한 마당에 참새들이 쪼르르 내려앉았습니다.

“떠벌리기만 해 봐. 가만 안 둘 거야!”

웅이가 책가방을 들고 벌떡 일어서자, 참새들이 '호르륵' 담장 너머로 날아갔습니다.

"웅이가 늦었네. 무슨 일 있었어?"

"……."

다정하게 묻는 선생님 앞에서 웅이 목은 배배 꽈배기가 됩니다.

"할머니께서 편찮으신 건 아니지?"

"네."

담임 선생님을 무사히 통과한 웅이는 재빨리 자리로 들어가며 슬쩍 완수를 봅니다. '어럽쇼?' 별다른 표정이 없습니다. 다른 아이들도 마찬가지입니다. 뭐, 아이들이라야 전교생이 몽땅 다섯 명뿐이어서 모두 돌아보는 데 1초도 걸리지 않지만 전혀 이상한 낌새가 없습니다. 김수정은 언제나처럼 오똑한 코를 창밖으로 향한 채 멍 때리고 있습니다.

'이건, 뭔가 이상해. 이럴 리가 없잖아?'

점심시간이 되기까지 교실은 아주 평화로웠습니다.

"점심 맛있게 먹어요! 주번은 주전자에 새 물 떠다 주고."

"네~"

"선생님은 손님이 와서 여러분과 같이 점심을 먹을 수가 없어요."

유일한 평화유지군(?)이 교실에서 사라지고 운명의 점심시간이 시작됐습니다. 시한폭탄을 깔고 앉아 도시락을 먹는 기분…. '우씨!' 젓가락이 자꾸 표적을 놓칩니다.

'하필, 오늘따라 콩자반을 싸 오다니…. 끙!'

사실 완수 따위가 두려운 건 아닙니다. 김수정이 사실을 알게 되는 것이 끔찍할 뿐입니다. 그런데 맛있는 도시락을 먹으면서 김수정은 왜 슬픈 표정일까? 웅이는 마음이 쓰입니다.

"킁킁! 어디서 지린내가 풍기는데?"

드디어 완수의 선전포고와 함께 전쟁이 시작됩니다. 아이들이 어리 둥절 쳐다봅니다. 웅이는 못 들은 척 젓가락질에 집중합니다.

"어쭈? 묵비권으로 버텨 보시겠다고?"

웅이는 반도 못 먹은 도시락 뚜껑을 덮으며 빌어 봅니다.

'하나님! 이 사태를 도시락 뚜껑처럼 덮어 주시면 진짜 착하게 살아 볼게요.'

하지만 하나님은 보이지 않고 원수 같은 완수는 코앞에 떡 버티고 있 다는 게 안타까운 현실입니다.

"지린내가 어디서 발사되고 있는지 알아야겠어. 싸게 일어나 봐!"

웅이는 머리를 쥐어짜며 완수가 '깨갱!' 하고 돌아설 마법 같은 한마 디를 생각해 봅니다.

"꺼져!"

"오케이~ 그렇게 나와야 정상이지."

일단 '꺼져!'는 완수에게 아무런 타격도 주지 못한 것 같습니다. 가방 크다고 공부 잘하는 게 아닌 것처럼, 완수는 웅이보다 머리 하나가 더 크지만 먹고 하는 일이라고는 약한 애들 괴롭히기뿐입니다. 덩치가 크 다고 운동을 잘하는 것도 아닙니다. 한 달 전에 전학 온 김수정에게 바로 밀렸습니다. 김수정은 예쁜 콧날을 도도하게 세우고 달리는 폼이 환상적입니다. 그리고 정말 다람쥐처럼 빠릅니다.

"꺼져! 이 돼지 대가리야!"

두 번째 선택한 단어가 완수를 제압하진 못했지만 폭발시킨 것은 틀림없습니다.

"뭐! 이 오줌싸…."

순간 웅이가 완수의 입을 향해 미사일처럼 날아올랐습니다.

"퍽!"

허전함…. 그리고 밀려오는 맨땅 헤딩의 충격…. 하지만 헛방을 날린 것보다 더 나쁜 것은, 웅이가 말린 개구리 자세로 엎어진 것입니다.

"자세 좋아!"

재빨리 웅이 등에 올라탄 완수가 팔로 목을 감아 조릅니다.

'비겁하게 초크를 걸다니…'

절체절명의 순간! 하지만 이 꼴을 바로 옆에서 보고 있을 김수정을 생각하자, 불굴의 의지가 솟아납니다. 웅이가 용을 쓰며 반전을 시도해 봅니다. 그러자 완수가 어마무시(?)한 엉덩이로 '덩더꿍 덩더꿍' 방아를 찧어 대며 노래를 부르기 시작합니다.

"안~ 녕하세요~ 또 만났군요~"

힘이 쪽 빠지고 정신은 가물가물 가출(?)하시는데 노래는 계속됩니다.

"다시 만나 보니~ 반가워요."

'아이고야…. 이러다 죽는 건가?'

바로 그 순간!

"얏!"

날카로운 기압소리와 함께 막혔던 숨통이 확 트입니다.

'돼지 대가리에 벼락이라도 떨어졌나?'

웅이가 부스스 일어나 보니, 와우! 세상에나 만상에나! 완수는 코피 한 줄 찍~ 내리긋고 자빠져 계시고, 김수정은 태권도 자세를 유지한 채 레이저 눈빛으로 완수의 반격의지를 꺾고 있습니다. '아~봉!'

집에 가는 길. 김수정이 앞에 걸어갑니다. 언제나처럼 사방을 두리번 거리며 갑니다. 빈 병을 줍기 위해서지만 지나가는 사람이나, 자동차에 경계의 눈빛을 보내기도 합니다. 한편 웅이는 수정이 뒤를 슬금슬금 따라오는 완수의 기습공격을 막기 위해 어지럽도록 눈알을 굴립니다.

슈퍼삼거리에 다다르자, 완수가 냉큼 슈퍼로 들어갑니다.

'뭐야. 돌려차기 한 방에 완전 꼬리 내린 거야?'

평화는 찾아왔지만, 완수가 너무 쉽게 꼬리를 내린 것이 아무래도 찜 찜합니다.

웅이가 어제 가방에 챙겨 두었던 빈 병을 내밀자, 김수정은 빤히 쳐 다만 봅니다.

"빈 병 모으는 거 아니야?"

그 말에 김수정은 빈 병을 홱 낚아채더니, 팽~ 돌아 교회 언덕으로 올라갑니다.

김수정은 여울교회에 삽니다. 하지만 자기네 집은 아닙니다. 여울교 회에는 종종 부모가 돌볼 수 없는 아이들이 와서 잠시 살다 갑니다. 서울에서 온 김수정은 여울교회에 온지 한 달이 조금 넘었습니다. 그런데 웅이는 아직 김수정과 말을 해 보지 못했습니다. 그건 완수도 마찬가지입니다. 말을 못하는 건 분명 아닌데 도통 아무하고도 말을 안 합니다.

"웅이야, 이리 와."

터덜터덜 집으로 가는데, 빨간 오토바이를 타고 오던 집배원 아저씨가 부릅니다.

"할머니께 편지 왔다."

아저씨가 내민 편지봉투는 빨강 파랑 무늬가 둘러져 있어 멋졌습니다.

"미국에서 왔더라."

"감사합니다~"

웅이는 꾸벅 인사를 하고 겉봉에 쓰인 이름을 읽어 봅니다.

"정순복, 이건 할머니 이름인데… Kim(김) min ja(민자)는 누구야?"

그때 읍내 쪽에서 달려오던 검은 승합차가 웅이 앞에 끼~ 익! 섰습니다.

"꼬마야!"

야구 모자를 쓴 아저씨가 운전석에서 손가락으로 까딱까딱 웅이를 부릅니다.

'아이고~ 이 아저씨 매너 좀 보세요…. 쯧!'

아이들이 제일 듣기 싫어하는 게 '꼬마'라는 것도 모르나 봅니다. 웅이는 속으로 꽁알거리며 다가섰습니다.

　　　　　　　　　　　　　　　　　　　　　　　　　퐁틱탁톡

“이 사람들 봤냐?”

야구 모자는 혀를 씹을 듯이 껌을 질겅대며 사진 한 장을 보여 줍니다.

‘앗! 김수정이다.’

어릴 때 사진이지만 한눈에 알아볼 수 있습니다. 사랑은 도장 같아서 한번 찍으면 절대 지워지지 않는 법입니다.

“왜 찾는데요?”

“넌 알 거 없고 봤냐, 못 봤냐?”

‘도대체 어떤 대답을 기대하고 이따위로 묻고 계신지…. 쯧!’

옆자리의 선글라스 쓴 아저씨가 담뱃불을 자동차 문짝에 비벼 끄며 끼어듭니다.

“우린 애 친척이야. 네가 가르쳐 주면 좋겠는데.”

“친척인데 왜 몰라요?”

“아! 그게 말이야… 만난 지가 좀 됐거든.”

‘뻥치시네!’ 이제는 이 불량스런 아저씨들이 김수정을 찾는 이유가 진짜 궁금해졌습니다.

“친척인데 주소도 몰라요?”

“아따! 봤냐, 못 봤냐?”

야구모자가 험악한 인상을 쓰며 다그치자, 웅이는 한 걸음 물러나 짝 다리를 벌리고 노려봅니다.

“너, 똑똑하게 생겼구나. 아저씨 좀 도와줄래? 도와주면 용돈 줄게. 어때?”

선글라스 아저씨가 지갑에서 만 원짜리 한 장을 꺼내 눈앞에서 팔랑

입니다. 웅이 마음도 팔랑입니다. 하지만 그 따위 유혹에 넘어갈 웅이
가 아닙니다.

"여기 안 살아요!"

웅이는 팽 돌아섰습니다. 사실 지금은 좀 바쁩니다. 찬란한 복수를
준비해야 합니다. 집에 온 웅이는 자습시간에 연구한 설계도를 펼쳤습
니다.

감자 폭탄 설계도

재료 : 삶은 왕 감자 2개, 고춧가루, 참기름, 이쑤시개, 스카치테이프

폭탄 제조 방법

1. 삶은 왕 감자 한 개를 반으로 갈라, 속을 숟가락으로 파먹는다. 감
   자 껍질을 두껍게 남겨 감자 모양이 살아 있게 한다.

2. 파먹은 감자 속에 고춧가루를 왕창 넣고 다시 덮어 감자가 벌어지
   지 않게 이쑤시개로 고정한 다음 테이프로 붙이고 이쑤시개는 뽑
   아 버린다.

3. 감자폭탄에 참기름을 왕창 바르고, 맛보기 감자에도 참기름을 바
   른다.

막차가 떠난 슈퍼삼거리에 어둠이 내려앉았습니다. 삼거리를 비춰
주던 완수네 슈퍼 간판 불이 꺼지자 초승달 혼자 온 동네를 비춥니다.
마을을 300년 동안이나 지켜 준 동구나무가 오늘 밤도 '알라딘'의 거

인 요정처럼 삼거리를 내려다보고 있습니다. 동구나무는 고향 떠났던 사람들이 나무를 알아보고 찾아오라고 마을 입구에 심은 느티나무입니다.

작은 그림자 하나가 살금살금 커다란 개집 앞으로 다가갑니다. 바람도 이 찬란한 복수를 도와주는지 개집 쪽으로 살랑살랑 불어 줍니다. 웅이가 비닐봉지를 열자, 고소한 냄새가 개집 속으로 솔솔 빨려 들어갑니다. 몇 초도 걸리지 않아 장군이가 코를 씰룩이며 고개를 내밉니다.

웅이가 참기름 바른 맛보기 감자를 개집 앞에 던져 주자, 장군이는 '턱! 턱!' 두 번 씹고는 꿀꺽 삼킵니다. 먹을 것만 주면 아군 적군 가리지 않고 꼬리를 흔들어 대는 너! 장군이 아니라 미련 곰탱이! 맞습니다.

웅이가 감자 폭탄을 꺼내 보이자, 장군이는 꼬리로 바닥을 쓸며 앞발로 기어 옵니다. 먹을 것에 대한 충성의 표시입니다. 하지만 그 정도의 충성심으로는 감자를 먹을 수 없습니다. 여전히 감자는 웅이 손에 들려 있습니다. 장군이는 더욱 자세를 낮추고 간절한 눈빛을 보내며 꼬리가 뽑힐 정도로 '충성! 충성!' 흔들어 댑니다.

"좋아!"

마침내 감자 폭탄이 웅이 손을 떠나 포물선을 그리며 날아갑니다.

'슈~ 웅' 목표물을 향해 하강하는 감자폭탄을 장군이가 점프하며 정확하게 받아 냅니다.

'나이스 캐치! …. 짭? 짭짭???'

"깨~갱!"

장군이는 주둥이를 땅바닥에 문지르며 쩔쩔맵니다. 감자 폭탄 반응이 예상보다 강력합니다. 장군이가 길길이 뛰는 바람에 묶인 쇠사슬이 개집에 부딪치며 요란한 소리가 났습니다.

"누구야!"

슈퍼에 불이 켜지며 완수 엄마가 소리치자, 웅이는 재빨리 동구나무로 올라가 납작 엎드렸습니다.

"완수 아버지, 빨리 나와 봐!"

소동에 완수까지 팬티 바람으로 나왔습니다.

"어떤 놈이야?"

완수 아빠가 장군이 입속에서 이쑤시개를 꺼내며 분통을 터트립니다.

'아차차!' 감자 폭탄을 만들며 이쑤시개 제거하는 걸 깜빡했습니다.

"장군아, 괜찮아?"

완수가 장군이 목을 끌어안자, 장군이가 캑캑! 재채기를 해댑니다. 완수도 전염이 되어 에~ 쿵, 에~ 쿵 재채기를 해댑니다.

한바탕 소동이 끝나 완수네가 모두 들어가고 슈퍼에 불도 꺼졌지만 웅이는 동구나무 위에 그냥 엎드려 있습니다. 배 속에서 꼬르륵 소리가 납니다. 복수를 하면 통쾌할 줄 알았는데 기분이 처량 달밤입니다. 온 식구가 편들어 주는 장군이가 부럽습니다. 나무 가지 사이로 언덕 위 교회 지붕의 빨간 십자가가 보입니다.

"하나님은 날 싫어하시나요? 이 세상에 내 편은 하나도 없어요. 난 행복해 본 적이 한 번도 없다고요. 맨날 혼자 밥 먹고 혼자 자요. 운동회 때도 아무도 안 왔어요. 난, 왜 엄마아빠가 없나요? 이런 걸 불평한다고 벌주실 건가요? 김수정과 사귀는 것도 다 틀렸어요. 오줌싸개와 누가 사귀겠어요? 망했다고요."

정말 이 세상에는 웅이 편이 하나도 없습니다. 유일한 가족인 할머니는 언제나 동네 사람들에게 쩔쩔맵니다. 특히 완수 엄마한테 꼼짝 못합니다. 그래서 웅이는 스스로 해결하고, 복수할 수밖에 없습니다.

다음 날 장군이는 읍내 가축병원에 가서 목에 커다란 개망신깔때기(?)를 차고 왔습니다. 완수는 웅이를 유력한 용의자로 점찍었지만, 배 속에 들어간 감자에서 지문을 찾아낼 수도 없으니 그저 가재미눈을 하고 째려볼 뿐입니다. 문제는 완수 엄마입니다. 가축병원에 10만 원이나 주고 왔다며, 범인이 잡히면 가만두지 않겠다며 온 동네에 선전포고를 하고 다닙니다.

다음 날 자습시간, 웅이는 은색 샤프 펜을 만지작거리며 김수정 눈치를 보고 있는데, 옆자리의 완수가 휙 채 갑니다. 족발 같은 손을 물어뜯고 싶지만 수업시간입니다.

"샤프 줘."

웅이가 머리를 숙이고 속삭입니다.

"어~ 좋은데?"

완수는 능청을 떨며 웅이 속을 태웁니다.

"빨리 줘. 내 거야!"

"오줌싸개, 니가 범인이지? 자수해."

‘우씨!’ 웅이는 얼굴이 화끈거리고 말벌이 귓속에 들어간 것처럼 ‘윙~윙’ 정신이 없습니다. 빼앗으려고 손을 뻗자 날쌔게 피합니다. 작은 소란에 아이들이 쳐다봅니다.

“공부 시간에 장난치는 게 누구야?”

선생님이 칠판에 글을 쓰시며 한마디 하십니다.

“선생님! 완수가….”

순간, 완수가 샤프를 내밉니다. 샤프는 완수의 엄지와 검지 사이에 대롱대롱 매달려 있습니다. 웅이가 잡으려고 손을 내밀자, 엄지와 검지가 벌어집니다.

“어?”

샤프는 수직 낙하하여 마룻바닥에 뚫린 작은 구멍 속으로 ‘쏭’ 사라졌습니다.

“에이~ 잘 잡아야지.”

완수는 웅이 쇠구슬도 같은 수법으로 빠트린 상습범입니다.

“물어내, 이 썩은 돼지 대가리야!”

“줬잖아. 못 잡은 건 너지. 그래서 자수하랬잖아. 쯧쯧!”

나불대는 입속에 장군이 똥을 처넣는 상상 정도로는 도저히 분이 풀리지 않습니다.

“자꾸 떠들면 혼나요.”

선생님이 마침내 돌아서서 경고를 하십니다. 하지만 담임선생님은 1학년부터 4학년이 되기까지 경고만 하십니다. 회초리를 들거나, 벌을 세우거나, 하다못해 눈물이 쏙 빠지도록 야단 한번 친 적이 없습니다.

　　　　　　　　　　　　　　　　　　　　　퐁틱탁톡

“선생님! 완수가 제 샤프 빠트렸어요.”

“박완수! 친구끼리 그러면 안 돼요, 어서 돌려주고 사이좋게 지내.”

여울분교의 교장 선생님이자, 유일한 선생님이며 모든 학년의 담임 선생님께서는 언제나 단순명쾌(?)하게 문제를 해결해 주십니다. 그런데 선생님은 정말 문제가 해결됐다고 생각하시는 걸까요?

사실 오늘은 김수정 생일입니다. 그래서 아껴 두었던 샤프 펜을 생일 선물로 가져왔는데 원수 같은 완수 때문에 다 망쳤습니다.

쉬는 시간에 구멍 속을 들여다보았지만, 속이 어두워서 아무것도 보이지 않습니다. 여울분교는 아주 옛날, 그러니까 지금의 동네 할머니들이 태어났을 때 동네 어른들이 힘을 합해 지은 학교어서 문화재로 지정되어 있습니다. 그래서 옛 모습 그대로 교실 바닥도, 복도도 모두 나무판자입니다. 교실바닥 여기저기에 구멍이 있는 것은 나무판자에 박혀 있던 옹이가 빠져 생긴 구멍입니다. 그래서 겨울에는 엄청 춥습니다. 하지만 여름에는 완전 시원합니다.

토요일 아침. 하늘은 뭐가 못마땅한지 잔뜩 인상을 쓰고 있습니다. 수업이 없지만 웅이는 손전등을 챙겨 들고 학교로 향합니다. 가는 길에 폐품수집소에 들려 기다란 철사를 찾아내 손에 돌돌 말아 쥐었습니다.

교실 문을 옆으로 밀자 드르륵! 요란한 소리가 텅 빈 복도에 울립니다. 교실로 들어 선 웅이는 샤프가 빠진 구멍 앞에 엎드려 손전등 불빛을 구멍 속에 비추었습니다.

"어렵쇼?"

구멍 속을 들여다보려고 하면 머리통이 불빛을 가려 볼 수가 없습니다. 이리저리해 봐도 마찬가지입니다. 구멍이 너무 작아 그렇습니다. 웅이는 밖으로 나와 화단으로 갔습니다. 화단과 학교 건물 사이를 걷자, 발밑에서 자갈들이 자그락자그락 불평을 해댑니다.

'정말 뱀이 있을까?'

웅이는 교실 창문 아래쪽에 나 있는 사각형의 환기구멍 앞에 멈췄습니다. 마룻바닥이 썩지 않도록 만들어 놓은 바람구멍이지만, 아이들은 '뱀 구멍'이라고 부르며 얼씬도 안 합니다. 으스스한 괴담 때문입니다. 학교를 지을 때, 큰 뱀이 땅속에서 나오다 머리가 삽에 잘렸는데 심술궂은 일꾼이 머리에 흙을 뿌리는 바람에 머리가 붙지 못하고 몸만 땅속으로 들어가 마루 밑에 산다는 황당한 이야기입니다. 아이들은 여울분교가 소풍만 가면 비가 오는 것이 '머리 없는 뱀의 저주' 때문이라고 말합니다. 물론 웅이가 그따위 비과학적인 괴담을 믿는 건 아니지만, 지금 이 순간 목덜미가 서늘해지며 찌르르 오줌이 마려운 건 어쩔 수가 없습니다.

"머리가 없으면 물지도 못하잖아."

웅이는 손전등을 뱀 구멍 속에 넣고 이리저리 비춰 본 후에 조심조심 머리를 구멍에 넣었습니다. 안으로 들어가자, 교실 마룻바닥이 천장이 되어 머리에 닿았습니다. 마루 밑은 먼지 냄새가 나고 서늘했습니다. 손전등 불빛을 따라 기둥 그림자들이 쭉쭉 늘어나고 불빛에 귀뚜라미 한 마리가 깡충 뛰어 달아납니다. 머리 없는 뱀은 보이지 않습니다. 웅이는 한손에 손전등을 들고 오리걸음으로 휘적휘적 앞으로 나아갔습니다. 얼굴에 달라붙는 거미줄을 손가락으로 뜯어내며 점점 깊숙이 들어갔습니다.

“여기쯤일 거 같은데?”

샤프가 빠진 구멍을 찾는데 땅바닥으로 내려오는 한 가닥 빛줄기가 보입니다.

“아! 여기다.”

구멍 밑에는 먼지가 고깔처럼 쌓여 있고 그 속에 반쯤 파묻힌 샤프가 손전등 불빛을 받자 ‘안녕!’ 하고 반짝입니다.

“찾았다!”

샤프 밑에서 쇠구슬 하나가 나옵니다.

“햐~ 이건 내 쇠구슬이잖아!”

쇠구슬은 천하무적이었습니다. 완수의 구슬을 얼마나 많이 따먹었는지 모릅니다. 완수가 열받아서 구멍에 빠트렸는데, 이걸 다시 찾다니…. ‘와우!’ 웅이는 신이 나서 먼지구덩이를 손가락으로 스적스적 헤쳐 봅니다. 그랬더니 그 속에서 기절초풍할 물건이 나왔습니다.

“아니, 이건?”

완수가 구멍에 빠트리고 생난리를 쳤던 등산용 만능 칼입니다. 웅이는 그저 바라만 보고 감히 만져 보지도 못했던 귀하신 물건. 웅이는 떨리는 마음으로 먼지를 후후! 불어 가며 십자가 방패 문양이 새겨진 빨간 칼집 속에서 도구들을 하나씩 꺼내 봅니다. 돼지꼬리처럼 생긴 꼬챙이, 큰칼, 작은칼, 날카로운 톱, 작은 갈고리, 앙증맞은 가위와 드라이버가 붙은 깡통따개, 바늘처럼 쓸 수 있는 구멍 뚫린 송곳 그리고 족집게와 이쑤시개까지 무려 열 가지가 나왔습니다. ‘쿵쾅! 쿵쾅!’ 몸속에서 인디언들이 북을 두드려 대는 것 같습니다.

    퐁틱탁톡

‘또, 뭐가 있을까?’

웅이가 수수 빗자루에서 떨어져 나온 수숫대를 주워 여기저기 쌓여 있는 먼지 고깔들을 헤쳐 보기 시작하자, 와우! 별에 별것이 다 나옵니다. 딱지, 구슬, 몽당연필과 지우개, 처음 보는 일 원짜리 동전과 십 원짜리 동전에 오백 원짜리도 한 개 나왔습니다. 웅이는 전리품들을 모두 바지 주머니에 넣었습니다.

“엄청 나네!”

여울분교는 교실 두 개와 교무실 하나로 된 세 칸짜리 작은 학교지만, 마루 밑에서는 하나로 통해 있어 정말 넓었습니다. 웅이는 손전등을 껐습니다. 이젠 불빛이 없어도 잘 보입니다. 하지만 오리걸음을 하고 다니느라 다리도 아프고 허리가 끊어질 것 같이 뻐근합니다. ‘에라, 모르겠다!’ 웅이는 흙바닥에 벌렁 누웠습니다.

“여기는 오늘부터 내 왕국이야! 음~ 왕국 이름을 뭐라고 할까? 비밀 왕국? 아니야, 마루 밑에 있으니까, 마루 밑 왕국이라고 할까?”

혼자 놀 때는 상상놀이가 최고입니다. 상상의 세계에서는 뭐든지 마음대로 할 수 있습니다. 상상 속에서 잠이 들면 그대로 꿈속으로 옮겨 가기도 합니다. 보물섬을 찾는 해적선 선장이 되어 밧줄을 타고 멋지게 날기도 하고 ‘스카이콩콩’을 타고 학교 지붕을 붕붕 뛰어 넘기도 합니다. 웅이는 ‘마루 밑 왕국’의 왕이 된 상상을 하며 쿨쿨 꿈속으로 빠져들었습니다.

“모두 내 명령을 들어라! 오늘부터 내가 이 왕국을 다스릴 것이다!”

“놀고 있네!”

웅이는 화들짝 놀라 천정에 머리를 쿵! 박았습니다. 고추냉이를 먹은 것처럼 코가 찡~ 합니다. 재빨리 주위를 살폈지만 아무도 없습니다.

"어라, 분명히 누가 말했는데…."

머릿속에 슬그머니 떠오르는 게 있습니다.

'머리 없는 뱀? 으~ 아!'

재빨리 뱀 구멍 쪽으로 무릎걸음으로 가는데 누가 소리칩니다.

"꼼짝 마. 어딜 도망 가!"

"누… 누구세요?"

"됐고! 주머니 속에 넣은 거, 다 꺼내 놔!"

웅이는 주머니속의 전리품들을 모두 꺼내 놓았습니다. 하지만 샤프는 꺼내지 않았습니다. 그때, 기둥 뒤에서 작은 물체가 '샤샥!' 나타났습니다.

"야~ 도마뱀이다!"

웅이가 잡으려고 손을 뻗었습니다.

"손버릇 봐라, 이거!"

"어, 도마뱀이 말을 하네?"

"됐고! 다 꺼내 놔야지?"

"와~ 진짜 대박!"

웅이가 다시 잡으려고 손을 뻗칩니다.

"어허! 손 저리 치우지 못해!"

도마뱀이 호통을 치며 뒤로 펄쩍 물러납니다. 도마뱀은 몸통이 초록빛깔에 슈퍼맨처럼 몸에 빨강 망토를 걸치고 있습니다.

"슈퍼 도마뱀?"

웅이가 두 팔을 쭉 뻗어 슈퍼맨 흉내를 내자, 도마뱀이 팔짱을 끼며 비아냥거립니다.

"오줌싸개 주제에⋯."

"누가?"

"시치미 떼기는⋯. 이 바닥에 소문이 쫙~ 났는데."

"근데, 넌 누구셔?"

"됐고! 샤프도 꺼내 놔야지!"

"싫어! 이건 내 거야."

"그랬었지. 하지만 지금은 누구 것도 아니지."

"그러시든가!"

웅이는 건방진 도마뱀을 무시하고 재빨리 뱀 구멍 쪽으로 기어갔습니다. 어물대다 무슨 꼴을 당할지 모릅니다.

"잠깐! 잠깐, 기다리라고!"

웅이가 돌아보자, 도마뱀이 침을 꼴깍 삼키며 말합니다.

"샤프는 우리 가족이야."

"가족? 샤프가 가족이시라, 귀신 씨나락 까먹다가 틀니 빠질 소리하고 있네!"

"몽당 할배, 지우개 할매, 구슬 형제, 맥가이버 장군 모두 우리 가족이야."

도마뱀의 표정은 진지합니다.

"얼렁뚱땅 넘어가려는 모양인데, 말이 돼야 넘어가 주든가 하지!"

“넌, 지금 나와 말하고 있잖아.”

“말장난하지 말고 알아듣게 말하라고!”

“넌 아직도 여기가 네 꿈속인 줄 모른단 말이야?”

“내… 꿈속?”

웅이는 교실마루 밑에서 잠들었던 것이 기억났습니다.

“상상 속에서 네 꿈속으로 들어왔기 때문에 이렇게 된 거야.”

“그게 무슨 말이야?”

“네가 평소 바라던 게 꿈속에서 나타난 거지.”

말이 되는 건지, 안 되는 건지 알쏭달쏭하지만 딱히 반박할 말이 떠오르지 않습니다.

“너도 가족이 있잖아?”

도마뱀의 말에 웅이는 꿈에 만났던 엄마가 생각났습니다.

“하지만 샤프는 수정이 생일선물이야. 포기할 수 없어!”

“좋아, 네가 샤프 공주를 포기하면 소원을 들어줄게.”

“소원을 들어준다고?”

“여기서는 가능하지.”

“좋아, 그럼 약속했다. 나중에 딴소리하면 싹 다 가져갈 거야.”

“걱정 말고 소원이나 말해 보시지. 하지만 기회는 한 번뿐이야. 명심해!”

“음~ 내 소원은…”

갑자기 소원을 말하려니 망설여집니다. 웅이는 눈동자를 돌리며 생각을 굴립니다.

퐁틱탁톡

“지금 가장 필요한 게 뭐야?”

도마뱀이 답답한지 재촉합니다.

“엄마, 엄마를 만나 보고 싶어.”

“엄마? 엄마하고 같이 안 살아?”

“응, 한 번도… 하지만 꿈속에서 본 적은 있어.”

웅이는 1학년 운동회 전날 밤, 꿈속에서 엄마를 딱 한 번 본 적이 있습니다.

“쯧쯧! 그럼 곤란한데… 사진은 있지?”

“없… 는… 거 같아.”

“안됐지만 사진이나, 그림으로라도 보지 않은 사람은 꿈속에 나타날 수 없어.”

‘우씨!’ 섭섭하지만 어쩔 수 없습니다.

“그럼… 친구! 친구가 필요해. 꼭 집어 말하자면…”

웅이 말이 채 끝나기도 전에 몽당연필과 지우개, 구슬들과 딱지, 만능 칼, 토막 난 크레파스들이 꼬무락대며 움직이기 시작합니다. 잠시 후, 여기저기서 더 많은 것들이 모여듭니다. 부러진 삼각자, 압정, 머리핀, 떡볶이 단추, 공기알과 성냥개비, 나사못, 옷핀, 토막 초, 병뚜껑, 열쇠, 구부러진 못, 구멍 난 벙어리장갑, 빨간 크리스마스 방울이 나타나더니, 웅이 주위를 동그랗게 둘러쌌습니다.

“반가워, 친구! ‘잃어버린 왕국’에 온 걸 환영해!”

몽당연필이 대머리를 쓰다듬으며 말하자, 다른 친구들이 합창하듯 따라 합니다.

“반가워, 친구! ‘잃어버린 왕국’에 온 걸 환영해!”

웅이는 너무 기가 막혀 말이 안 나옵니다.

“이제부터 우리가 네 친구가 된 거야, 친구!”

도마뱀이 악수를 청하며 말했습니다.

“그럼, 내 소원은 끝난 거야?”

“방금!”

“망했어! 난 김수정과 친구 하고 싶단 말이야!”

“넌, 분명히 친구가 필요하다고 말했잖아!”

“말을 끝까지 들어야지. 이건 아니라고!”

“하지만 친구, 이건 ‘잃어버린 왕국’의 법이라 어쩔 수가 없어.”

“잃어버린 왕국의 법? 여기는 교실 마루 밑일 뿐이라고!”

웅이가 둘러보며 따지자, 몽당연필이 설명합니다.

“여기는 ‘잃어버린 왕국’이야. 사람들이 잃어버린 것들이 모여 사는 나라지.”

“됐고! 어쨌든 무효야. 다시 해야 돼!”

“잃어버린 왕국에서는 무효나 취소라는 말을 사용할 수 없어. 약속을 꼭 지켜야 하거든.”

도마뱀이 단호하게 말합니다.

“도대체 내 꿈속에서 내 맘대로 안 된다는 게 말이 돼?”

웅이가 핏대를 올리며 따집니다.

“꿈속에서 자기 맘대로 되는 거 봤어?”

생각해 보니 그건 도마뱀 말이 맞습니다.

"'잃어버린 왕국'은 태초의 세상이라고나 할까? 여기서는 모두가 하나야."

도마뱀이 팔짱을 끼며 잘난 체를 합니다.

"그건 또 무시기 소리?"

"세상이 처음 만들어졌을 때는 모두 한마음이어서 서로 말이 통했어. 하지만 사람들이 욕심을 부리면서 여러 세상으로 갈라져 지금처럼 된 거야."

'쳇! 유식한 척하는 파충류라니!' 웅이는 도마뱀의 잘난 체에 괜히 심통이 났습니다.

"돈만 좋아하는 사람은 돈 이야기만 하고, 먹는 것만 밝히는 사람은 먹는 이야기만 해. 그래서 서로 말이 안 통하게 되면서 세상이 여러 개로 갈라져 싸우는 거야."

"개똥철학을 연구하셨나?"

웅이가 비웃자, 도마뱀은 쯧쯧 혀를 차더니 설명 들어갑니다.

"네가 욕심 부리지 않고 샤프 공주를 양보했기 때문에 우리와 친구가 된 것처럼, 욕심을 줄이는 만큼 세상은 하나가 되는 거야."

웅이는 도마뱀의 조리 있는 설명에 말문이 막혔습니다.

"인사하자. 난, 하늘도마뱀 초록이라고 해."

"아하~ 하늘에서 내려오셨나?"

웅이가 빈정대자 친구들이 깔깔댑니다.

"난 공룡시대부터 날아다닌 몸이라고! '날도마뱀'이라고 들어는 보셨나?"

초록이가 빨간 망토를 퍼덕이자, 와우! 망토는 날개가 되어 날아오릅니다.

"여긴 몽당 할배, 여기서 가장 오래 살았고, 그 옆은 오답백과 지우개 할매, 몽당 할배와 한 필통에서 살았어. 여기는 딱지 삼총사와 복숭아씨 남매, 그리고 색종이 누나들과 단추 형들, 또 크레파스 자매, 맥가이버 장군은 알지?"

완수의 만능 칼이 맥가이버 장군인가 봅니다. 초록이는 사회자처럼 폼을 잡으며 조곤조곤 친구들을 소개했습니다.

"오답백과? 틀린 말 사전이란 말이야? 어른한테 그렇게 말하면 쓰나!"

"여기서는 신분이나 나이를 따지지 않아, 모두가 소중한 가족일 뿐이야."

"선생님한테도?"

"여긴 학교도, 선생님도 없어."

아까부터 기둥 옆에서 노려보던 지우개 할매가 째지는 목소리로 소리칩니다.

"연설하고 있네! 저 녀석이 나가서 애들한테 떠벌리고 다니면 여기는 끝장이야!"

지우개 할매 말에 모두 불안한 얼굴이 되어 웅성대기 시작합니다.

"할매 말이 맞아, 우리를 사람들에게 말할 게 뻔해!"

오색구슬과 동전들이 지우개 할매 편을 듭니다.

"아니야, 난 절대로 말 안 해."

"여자 친구에게도 말 안 할 자신 있어?"

딱지 삼총사가 발딱 일어나 따집니다.

"헐! 여자 친구도 없는데?"

웅이가 어깨를 으쓱 올리며 쓴웃음을 날립니다.

"연설하고 있네! 널 어떻게 믿어, 인간들은 믿을 게 못 돼. 다들 당해 봤잖아!"

지우개 할매 말에 분위기는 다시 험악해졌습니다.

"맞아! 난, 허리가 구부러졌다고 쓰레기통에 처박혔어!"

구부러진 못이 구부러진 허리를 가리키며 말하자, 십 원짜리 동전이 발딱 일어납니다.

"난, 십 원짜리라고, 땅바닥에 던져 버렸다고!"

그때 부러진 몽당연필 하나가 웅이에게 뒤뚱뒤뚱 다가옵니다.

"너, 나 기억하니?"

"누군데?"

"네가 깎기 귀찮다고 날 여기로 버렸잖아!"

연필심이 부러진 몽당연필을 깎기 귀찮아 슬쩍 구멍 속으로 버렸던 기억이 났습니다.

"세상에 쓸모없는 것은 없어! 난 짝도 없고 구멍이 났지만 들쥐에게는 소중한 잠자리가 되잖아!"

외톨이 벙어리장갑이 기둥에 기대앉아 또랑또랑 말하자, 친구들이 너도나도 한마디씩 하는 바람에 마루 밑은 왁자지껄해졌습니다.

"그런데 너, 몇 살이야? 진짜 4학년 맞아?"

갑자기 초록이가 웅이 나이를 물어봅니다. 그 바람에 모두 입을 다물고 웅이를 쳐다봅니다. 사실 웅이는 나이보다 키가 작아 고민입니다.

"어렸을 때, 엄마 젖을 못 먹어서 키가 안 자랐대…."

그 말에 마음 약한 크레파스 자매가 훌쩍대자, 마루 밑은 우울해졌습니다.

"자! 이렇게 하면 어때?"

초록이 말에 크레파스 자매가 울음을 그치고 말똥말똥 쳐다봅니다.

"우린 방금 친구 하기로 약속했으니까, 일단 믿어 주는 거야. 약속을 깰 수는 없잖아. 대신 단단히 다짐을 받자고!"

초록이 제안에 모두 찬성하자, 지우개 할매도 더 이상 어쩌지를 못했습니다.

후드득 후드득 빗소리에 웅이는 퍼뜩 잠에서 깨어났습니다. 밖은 이미 어둑어둑해졌습니다.

"꿈에서 엄마를 만나려면 엄마 사진이 필요해."

하지만 집에서 엄마 사진을 본 적이 없습니다. 할머니는 엄마 이야기만 꺼내면 화를 내시기 때문에 물어볼 수도 없습니다.

"엄마를 그려 볼까?"

2
도망자

웅이는 밤마다 폐품수집소에서 쓸 만한 것들을 가져와 자신의 왕국을 꾸밉니다.

"음~ 왕의 식탁을 만들어 볼까? 우선 다리를 떼어내고….."

다리가 고장 난 접이식 사각형 밥상의 다리를 모두 떼어내고 뚜껑 없는 문갑 위에 덮으니 멋진 식탁 겸 창고가 만들어졌습니다. 창고 안에는 비상식량으로 컵라면 두 개와 초코파이 세 개를 넣고, 물병과 컵, 그리고 숟가락 두 개와 나무젓가락 다섯 개가 들어갔습니다. 밤에 사용해야 하는 양초는 깨진 유리컵에 세워, 일회용 가스라이터와 함께 식탁 위에 올려 두었습니다. 창고가 왕국에 꼭 필요한 이유는 쥐나, 고양이, 지네 같은 적들의 습격을 피하기 위해서입니다.

이 빠진 부엌칼, 빈 페트병, 뚜껑 없는 주전자 외에도 날이 빠진 도끼와 자루 빠진 호미, 모서리 깨진 거울, 분유깡통 등등, 쓸모가 있을 것 같은 물건들도 속속 마루 밑으로 옮겨졌습니다.

집에서는 좋아하는 책 몇 권과 웅이가 갓난아기 때 덮었던 한쪽 귀퉁이가 닳아빠진 분홍색 아기 이불을 가져왔습니다. 사실 웅이는 학교에 들어가기 전까지 아기 이불이 없으면 잠을 자지 못했습니다. 아기 이불을 엄마처럼 꼭 끌어안아야 잠이 들었습니다.

"왕국을 수비하려면 강력한 무기도 있어야지."

슈퍼 파워 고무줄 새총은 비상시에 재빨리 쓰기 위해 기둥에 걸어 놓았습니다.

"비밀금고도 만들까?"

식탁 밑 땅바닥에 파묻은 비밀금고는 분유 깡통입니다. 안에는 만능 칼이랑, 비상금을 넣어 놓았습니다.

"오늘은 수색 정찰을 나가 보실까?"

웅이는 왕국 꾸미기가 대충 끝나자, 마루 밑을 샅샅이 수색해 보기로 합니다.

"어! 누가 들어왔지?"

마루 밑 깊숙한 곳에 커다란 발자국들이 찍혀 있습니다.

"어른 발자국 같은데….”

이상한 것은 발자국이 한곳에만 찍혀 있어 어디서 와서 어디로 갔는지 알 수가 없습니다. 마치 공중에서 내려온 것 같습니다.

"어디로 들어 온 거지?"

위를 찬찬히 살피던 웅이가 천정을 손으로 밀자, 위로 스윽 열렸습니다.

"교무실이잖아!"

사방 1미터쯤 되는 뚜껑 문은 교무실 안쪽 마룻바닥에 교묘히 만들어져 있었습니다. 뚜껑 문의 발견으로 마루 밑 생활은 아주 편해졌습니다. 컵라면 한번 먹으려면 뱀 구멍으로 나가 현관과 복도를 거쳐 교무실 정수기에서 뜨거운 물을 받아 조심조심 돌아와야 했지만, 이제는 마루 밑에서 교무실로 직통으로 올라갑니다.

'잃어버린 왕국' 덕분에 웅이의 외롭던 밤은 신나는 달밤이 되었습니다. 꿈속에서 친구들과 만나 이야기하며 놀고, 배가 고프면 컵라면을 먹는 재미는 심장이 오그라들 정도로 짜릿합니다.

"오늘은 뭐가 나와 있나 볼까?"

폐품수집소를 기웃대던 웅이가 환호성을 지릅니다.

"와우!"

기가 막힌 물건이 나와 있습니다. 접으면 소파가 되고 펼치면 침대가 되는 3단 매트리스입니다. 좀 찢어지고 얼룩이 있지만 왕의 침실에 안성맞춤입니다.

"어떻게 옮기지?"

매트리스가 너무 커 마루 밑으로 끌고 들어가는 것은 불가능해 보입니다. 하지만 웅이는 해결사입니다. 결코 포기하지 않습니다.

마을이 모두 잠든 밤. 폐품수집소에서는 웅이가 낑낑대며 3단 매트리스 해체작업을 하고 있습니다. 집에서 할머니가 쓰시는 가위를 가져와 싹둑 싹둑 해체를 합니다. 달님도 웅이를 응원하는지 환하게 비춰 줍니다.

잠시 후, 세 개로 해체된 매트리스는 하나씩 학교 정문을 통과해 마루 밑으로 옮겨졌습니다. 교무실의 뚜껑 문을 통과할 때 조금 힘들었지만 큰 문제는 없었습니다. 하지만 매트리스를 다시 이어 붙이는 일은 장난이 아닙니다. 할머니가 이불 꿰맬 때 쓰시는 커다란 바늘이 손가락을 찔러 댈 때마다 눈물이 찔끔찔끔 났습니다. 그렇게 매트리스와 사투를 벌인 끝에야 매트리스 합체 작업이 끝났습니다. '으자자자' 기지개를 키자, 뼈마디가 '우두두둑' 불평을 해대더니 눈꺼풀이 스르륵 셔터를 내려 버립니다.

"음냐, 음냐…. 오늘이 무슨 요일이지?"

웅이는 매트리스 위에서 그대로 곯아떨어졌습니다.

웅이는 '잃어버린 왕국'에서 인기 짱입니다. 재미있는 이야기를 무진장 알고 있기 때문입니다. 오늘 이야기는 '로빈슨 크루소의 모험'입니다.

"바닷가 모래밭에 사람 발자국이 나 있는 걸 발견하고 급히 숨었어."

"어? 왜 숨어. 무인도에서 구조해 줄 텐데?"

딱지 삼총사가 촐싹대며 끼어듭니다.

"조용히 해!"

구슬 형제들이 튀어 오르며 딱지 삼총사에게 면박을 줍니다.

"너나 조용히 해!"

"재미없으면 그만 할까?"

웅이 엄포에 친구들은 조용해졌습니다.

"그건 다른 섬에 사는 식인종들 발자국인데, 전쟁에서 잡은 포로를 잡아먹으려고 끌고 온 거야. 구워 먹는 걸 제일 좋아하거든."

"무서워~"

크레파스 자매가 서로 끌어안고 몸을 바르르 떱니다.

"쉿! 누가 온다."

기둥 위에서 누워 듣던 초록이가 신호하자, 친구들은 슬그머니 어둠 속으로 사라졌습니다.

‘드르륵’ 교실 문이 열리고 누가 들어오더니, ‘덜거덕 덜거덕’ 걸상을
꺼내어 앉는 소리를 냅니다.

‘이 밤중에 무슨 일로 온 걸까? 혹시 도둑?’

웅이 심장이 콩닥콩닥 뜁니다.

   퐁틱탁톡

‘어, 또 오는데?’

이번에는 작은 발자국 소리입니다.

“아빠!”

“수정아, 여기야.”

부스럭대는 소리가 들리고 촛불이 켜지자, 마루 틈새로 빛의 커튼이 내려집니다.

“아빠, 뜨거워 조심해.”

수정이가 촛불 하나 켜진 책상위에 컵라면을 내려놓습니다.

“여기 젓가락.”

나무젓가락도 쪼개 아빠에게 줍니다.

“넌, 먹었니?”

등산 모자 사이로 아빠의 긴 머리칼이 흘러내립니다.

“아빠, 다리는 좀 어때?”

“많이 좋아졌어.”

아빠는 젓가락으로 라면을 몇 번 젓더니, 컵을 들어 국물을 한 모금 마십니다.

“얼큰해서 좋구나.”

“밥도 가져왔어. 아직 따듯해.”

수정이가 비닐봉지에서 밥 한 덩이를 꺼냅니다.

“어휴~ 녀석도 참….”

“아빠, 발 좀 보자.”

“안 봐도 돼. 이젠 별로 아프지 않아.”

수정이는 책상 앞에 무릎을 꿇고 아빠의 한쪽다리를 책상 밑으로 꺼냅니다. 아빠는 체념한 듯 다리를 맡기고 컵라면을 먹기 시작합니다. 낡은 등산화를 벗기고 양말을 벗기자, 더러워진 붕대 사이로 벌겋게 부어오른 발등이 드러납니다. 붕대를 조심조심 푼 수정이는 비닐봉지에서 젖은 수건을 꺼내, 아빠의 부어오른 발을 닦아 줍니다. 무릎 위에 올려놓고 아프지 않도록 살살 닦아 줍니다. 아빠 발등 위로 눈물 한 방울이 똑 떨어집니다. 아빠는 공사장에서 일을 하다 발을 다쳤습니다.

"큼… 큼, 찾아온 사람은 없었니?"

아빠가 헛기침을 하며 물어봅니다.

"그 사람들이 여기도 알아?"

수정이가 동작을 멈추고 되물어 봅니다.

"안 왔어? 그럼, 아직 모르나 보다."

처음 겪는 일이 아닌가 봅니다.

"잠잘 데는 있어?"

"공사장 숙소에서 자니까, 걱정 마."

"아빠, 이거."

수정이가 아빠에게 돈을 줍니다. 천 원짜리 세 장입니다.

"네가 돈이 어디서 났니?"

"빈 병 모아서 팔았어."

"어이구~ 내 새끼….'

아빠는 더 이상 먹지 못하고 젓가락을 내려놓습니다. 젓가락 한 짝이 '또르르' 굴러 바닥으로 떨어졌습니다. 떨어진 젓가락 옆에 동전만 한 구멍이 있습니다. 수정이가 젓가락을 주우려고 촛불을 바닥에 비추자, 빛이 구멍으로 내려와 웅이 발등에 떨어집니다. 웅이는 숨이 멎을 것 같습니다.

"아빠, 토요일 밤에는 늦게까지 나 혼자 있으니까, 그때 전화하고 와."

"그래, 자주는 못 오고 가끔 올게."

"못 오면 전화라도 해야 돼. 알았지? 걱정돼서 죽겠단 말이야."

"어이구~ 누가 애빈지 모르겠네."

"내가 아빠 보호자야! 알았지, 꼭 연락해!"

잠시 후, 지팡이를 짚고 배낭을 멘 수정 아빠가 수정이 손을 잡고 교문 앞에 나타났습니다. 수정이가 재빨리 길 양쪽을 살펴봅니다. 아빠는 사채업자들이 고용한 깡패들에게 쫓기고 있습니다. 잡히면 섬으로 팔려 간다고 했습니다. 그때 앞에서 발자국 소리가 났습니다.

"아빠, 누가 오는데?"

"빨리 숨어!"

재빨리 숨을 곳을 찾았지만 교문 앞은 텅 빈 공터여서 마땅히 숨을 곳이 없습니다. 아빠와 수정이가 길 위에 엉거주춤 서 있는데 앞에서 오던 사람이 점점 가까이 다가옵니다. 완수 엄마는 두 사람을 기분 나쁘게 훑어보며 지나갔습니다.

마루 밑은 완전 우울합니다.

"초록아, 도와줄 방법이 없을까?"

“네 도움을 싫어할지도 모르고, 잘못 돕다가 오히려 해가 될 수도 있어.”

“도와주는 건데?”

“수정이는 아빠 때문에 신경이 날카로워. 섣부른 짓은 안 돼.”

“이대로 보고만 있으란 말이야? 그럴 순 없어!”

그날부터 웅이는 밤마다 동네를 한 바퀴 돌고 있습니다. 초록이가 한 말이 마음에 걸리지만 몰래 도와준다면 괜찮을 것 같습니다.

“뭐야, 누가 벌써 다 주워 갔나?”

빈병이 하나도 보이질 않습니다. 웅이가 슈퍼삼거리까지 갔을 때, 완수 엄마가 안에서 빈 병을 들고 나왔습니다. 완수 엄마는 문 옆에 있는 빈 플라스틱 박스에 빈 병을 꽂아 놓고 들어가더니 바로 슈퍼의 불이 꺼졌습니다. 달도 구름 사이로 살짝 숨어 주었습니다. 웅이 발걸음이 슬금슬금 슈퍼 쪽으로 옮겨집니다.

오늘은 고물수집차가 오는 날, 수정이는 학교가 끝나자 서둘러 집으로 갔습니다. 고물수집차는 순식간에 지나가서 시간을 맞추지 못하면 일주일을 또 기다려야 합니다. 완수네 슈퍼 앞에 경찰차가 와 있고 마을 사람들이 많이 모여 있습니다.

‘어, 무슨 일이지?’

수정이는 경찰차만 봐도 괜히 가슴이 두근거립니다.

집에 오니, 할머니가 교회 마당을 쓸고 있었습니다.

"할머니, 제가 할게요."

수정이는 얼른 할머니 손에서 빗자루를 받아 들며 물었습니다.

"할머니, 경찰차가 왜 왔어요?"

"좀도둑이 극성이라는 구나. 작년에 농사지은 고추를 죄 훔쳐 갔다지 뭐냐."

수정이는 얼른 교회 뒤로 갔습니다.

'어, 어디 갔지?'

빈 병이 자루째 사라졌습니다.

"할머니, 빈 병 파셨어요?"

"아니다. 왜, 없니?"

그때 웅이가 헐레벌떡 교회마당으로 뛰어 들어왔습니다.

"수정아, 이리 와 봐."

웅이는 수정이를 데리고 언덕 아래 완수네 슈퍼로 갔습니다. 경찰차는 보이지 않았습니다.

"저거, 니 거 맞지?"

완수네 슈퍼 앞에는 수정이가 빈병을 모으는 포대가 놓여 있었습니다. 이때 고물차가 왔습니다.

"고~ 물! 빈 병이나 찌그러진 냄비~ 고장 난 테레비 삽니다."

고물차 아저씨 목소리는 언제나 똑같습니다. 고물차 확성기 소리를 듣고 슈퍼에서 나오던 완수 엄마가 수정이를 보자 흠칫 놀랍니다.

"아줌마, 저거 제 건데요."

수정이가 야무진 목소리로 말했습니다.

"이것이, 무슨 헛소리야!"

완수 엄마가 왕방울 같은 눈을 부라리며 소리쳤습니다.

"여기 표시가 있잖아요!"

수정이는 기죽지 않고 포대에 쓰여 있는 '여울교회' 글씨를 가리키며 따졌습니다.

"이것이 못하는 소리가 없네. 내가 도둑질이라도 했다는 거야?"

완수 엄마의 큰 목소리에 지나가던 동네 사람들이 모여 들었습니다. 수정이는 얼굴이 빨개져 완수 엄마를 올려다보며 말했습니다.

"제가 모아 놓은 거란 말이에요. 할머니도 아세요."

완수 엄마가 갑자기 포대를 거꾸로 들어 빈병들을 길바닥에 '와르르' 쏟더니, 병 하나를 집어 들었습니다.

"너, 이 병 어디서 났어? 엉! 어디서 났냐고?"

수정이는 완수 엄마가 들고 있는 병을 쳐다보며 아무 말도 못했습니다. 그건 처음 보는 술병입니다. 분명히 주운 기억이 없습니다.

'저게 왜, 들어가 있지?' 수정이는 어리둥절합니다.

"왜, 말 못 해! 이건 완수 아버지가 서울서 가져온 포도주 병이야. 이게 왜 너한테 있냐고! 어서 말 못 해!"

느닷없이 솥뚜껑 같은 손이 수정이 뺨을 후려쳤습니다. 수정이는 길바닥에 쓰러져 일어나질 못합니다.

"어린것이 돈독이 들어 가지고…. 너 잘 걸렸어. 이리 와!"

완수 엄마는 가녀린 수정이 손목을 우악스럽게 움켜잡더니, 교회 언덕으로 끌고 갔습니다. 수정이는 얼굴이 하얗게 질려 질질 끌려갔습니다.

"애들 단속 좀 하세요! 남의 집에서 빈 병 훔쳐 가는 걸 보면 고추고, 뭐고 닥치는 대로 집어 갈 거 아니에요!"

완수 엄마는 수정이를 할머니 앞으로 거칠게 떠다밀며 말했습니다. 그 바람에 수정이는 앞으로 고꾸라지고 말았습니다. 웅이는 속이 타서 죽을 것 같은데, 완수 엄마는 계속 악다구니를 퍼부어 댑니다.

"너 저번에 학교 앞에서 나 만났지. 그때 커다란 배낭 메고 도망간 사람 누구야? 니 애비 아니야? 학교에서 뭘 훔쳐 나왔어?"

"아니에요. 그런 거 아니에요."

수정이가 머리를 흔들자, 고였던 눈물이 후드득 떨어졌습니다.

"그럼, 왜 학교에서 나와, 그것도 깜깜한 밤에!"

"잘 아시지도 못하면서 그렇게 말하지 마세요."

할머니가 수정이를 감싸 안으며 말했습니다.

"아! 여기 이렇게 증거가 있는데, 의심이란 말이에요?"

완수 엄마는 포도주병을 쳐들고 동네 사람들을 둘러보며 핏대를 올렸습니다.

"아줌마가 봤어요? 알지도 못하면서!"

웅이가 수정이 앞을 가로 막으며 소리쳤습니다.

"어디, 어른한테 소리를 질러!"

완수 엄마가 호박 같은 주먹으로 웅이 머리통을 쿵 쥐어박았습니다. 눈물이 찔끔 나도록 아프지만 더욱 악을 쓰며 소리를 질러 댔습니다.

"왜, 때려요! 씨~ 알지도 못하면서!"

"어미애비 없는 것이 버르장머리 좀 봐…."

웅이 기세에 완수 엄마가 주춤하는 사이에 수정이가 교회 밖으로 뛰쳐나갔습니다.

수정이는 숨이 턱에 차도록 뛰어 마을 끝 삐뚤고개까지 달렸습니다. 하지만 더 이상 달릴 수가 없습니다. 이대로 삐뚤고개를 넘어 버리면 다시는 마을로 돌아올 수 없을 것 같습니다. 그러면 다시 산속 움막이나, 빈집을 찾아다녀야 하고 아빠는 더 힘들어집니다. 수정이는 손바닥으로 눈물을 싹싹 닦아내며 소리쳤습니다.

"아빠, 이딴 거, 다 참을 수 있어!"

산비둘기 한 마리가 아빠에게 달려가고 싶은 수정이 마음처럼 읍내 쪽으로 훨훨 날아갔습니다.

그날 밤, 자초지종을 들은 초록이가 한마디 합니다.

"감정으로 남을 돕는 것은 좋지 않아."

"기분에 그런 게 아니야!"

웅이는 그렇게 말하는 초록이가 얄밉습니다.

"넌 아니라고 하지만 잘 생각해 봐. 수정이를 돕지 않으면 네 마음이 참을 수 없었던 거잖아?"

"넌, 감정도 없냐? 사정을 알면서 어떻게 보고만 있냐?"

"그래서 물불 안 가리고 남의 물건을 훔친 거야? 일을 저지르기 전에 한 번만 생각했어도 남의 물건에 손대는 일은 없었겠지."

“빈 병을 훔친 건 잘못했어. 하지만… 난, 수정이를 행복하게 해 주고 싶어.”

“지금 수정이가 불행하다고 생각해?”

“피~ 수정이가 당하는 꼴을 보면서도 그런 말을 하냐?”

“서로 아끼고 사랑하는 사람이 있다면 불행한 것은 아니지.”

초록이 말은 꼭 할아버지 목사님 설교 같습니다.

“모든 사람은 태어날 때 ‘행복 샘’을 갖고 태어나지.”

“그런 게 어디 있냐? 난 한 번도 행복한 적이 없는데!”

“네가 행복 샘을 열려고 하지 않았으니까 그렇지!”

“말도 안 돼! 정말 행복 샘이 있다면 세상 사람 모두가 행복해야 하잖아?”

“사람들은 자기 안에 행복 샘이 있는 줄도 몰라. 그리고 샘이 솟아나게 하는 방법도 모르고, 알아도 이기심 때문에 그렇게 하지를 않아!”

“으이그~ 냉혈동물 같으니! 혼자 잘난 척하기는….”

하지만 지금 그런 건 문제도 아닙니다. 도둑 누명을 쓰게 한 범인이 웅이라는 사실을 수정이가 알게 된다면… ‘으~ 아!’ 그건 목줄 풀린 장군이에게 쫓기는 것보다 더 끔찍한 일입니다.

“해결 방법을 찾아야 해.”

“왜? 사고 한 번 더 치시게?”

“넌, 돕지 못할망정 왕소금을 뿌리냐?”

방학하는 날은 언제나 교실이 시끌벅적합니다. 선생님이 손뼉을 탁

탁 쳐서 아이들을 집중시켰습니다.

"4학년 방학 숙제는 마을 지도 그리기예요."

"선생님, 너무 어려워요~"

완수가 대뜸 불평을 합니다.

"그래서 혼자 하지 않고 팀으로 할 거예요. 4학년! 선생님 말 잘 들으세요. 4학년이 모두 세 명이니까, 협력해서 그리는 거예요. 대신에 다른 숙제는 없어요."

수정이는 오늘도 무슨 생각을 하는지, 창밖을 바라보며 멍 때리고 있습니다. 웅이는 수정이와 같이 숙제를 한다는 생각만으로도 머릿속에 아롱아롱 아지랑이가 핍니다. 문제는 원수 덩어리입니다. 완수가 옆에 있으면 무슨 짓을 할지 몰라 불안하고 같이 있는 자체가 스트레스입니다.

"2학년 명이와 은이, 방학숙제는 엄마를 잘 도와드리는 거예요. 얼마나 잘 도와드렸는지 일기를 써 오세요. 알았지요?"

"네~"

쌍둥이 자매가 한 목소리로 얌전하게 대답했습니다.

집으로 가는 길. 해가 머리 위에서 무지막지하게 힘자랑을 합니다. 콘크리트 길바닥은 부뚜막처럼 화끈거리고 머리카락은 불붙기 직전입니다. 수정이 손에 들린 신발주머니가 늘어진 장군이 혓바닥 같습니다.

"수정아~ 아이스크림 먹을래?"

웅이가 말을 걸어 보지만 수정이는 눈길도 안 주고 그냥 걸어갑니다.

"사슴벌레 잡으러 갈래?"

역시 대꾸가 없습니다.

"사슴벌레 키워서 팔아도 돼."

그 말에 수정이가 돌아보지도 않고 심드렁하게 대꾸합니다.

"벌레를 누가 사냐?"

"사슴벌레 비싸, 한 마리에 만 원이야."

수정이는 햇빛에 눈이 부신지, 얼굴을 찡그리며 돌아봅니다.

"벌레가 그렇게 비싸?"

"그냥 벌레가 아냐."

걸음을 멈추고 돌아보는 수정이 눈이 반짝 빛났습니다.

"어떻게 생긴 건데?"

"머리에 멋진 뿔 달린 곤충 있잖아?"

웅이가 두 손을 머리에 갖다 붙이며 말하자, 수정이 눈이 왕방울이 됩니다.

"어떻게 잡아? 어디서 잡는 건데?"

"그건 나한테 맡기시고!"

"안 물어?"

수정이가 얼굴을 찌푸리자, 콧등에 귀여운 주름이 생겨납니다. 웅이는 양어깨를 으쓱 올리며 여유로운 제스처를 날립니다.

"허리를 잡으면 꼼짝 못 해."

"우리 지금 가 보자!"

'우리? 웃후!' 웅이와 수정이는 여울교회에 책가방을 던져 놓고 뒷산으로 달렸습니다. 둘이 참나무 숲으로 들어가자, 매미들 합창 소리에 머리가 '맴맴' 돌아 버릴 지경입니다.

"이 나무는 왜, 이렇게 됐어?"

수정이가 참나무에 생긴 흉하고 커다란 상처를 보며 물어봅니다.

"사람들이 도토리를 털겠다고 돌로 내리쳐서 생긴 흉터야."

"나무가 불쌍하다…."

보기 흉한 상처에서는 찐득한 콧물 같은 게 흘러나오고 있었습니다.

"웅이야, 여기 좀 봐!"

수정이가 가리킨 곳에는 풍뎅이 같은 곤충들이 모여 참나무가 흘린 콧물(?)을 맛있게 먹고 있었습니다.

"앗! 돼지방구닷!"

"돼지방구?"

"사슴벌레 암놈을 그렇게 불러."

수정이는 실망스럽습니다. 바퀴벌레 사촌처럼 생긴 그놈은 짜리몽땅한 몸에 작고 단단한 이빨이 달려 있는데, 누가 돈 주고 살 것 같지는 않습니다.

"암놈? 그럼 팔 수 없는 거야?"

"꼭 필요한 거야, 알을 낳아야 하거든."

웅이는 작은 나뭇가지를 주워 참나무 뿌리 근처를 팠습니다.

"땅속에도 사슴벌레가 살아?"

"살살 파 봐."

수정이가 작은 막대기를 줍더니, 참나무 밑을 '사부작, 사부작' 팝니다.

"웅이야! 여기 무서운 벌레 나왔어."

이번에 발견한 놈은 뿔이 무시무시하고 덩치가 컸습니다. 잠자는 것을 깨워서 화가 잔뜩 났는지 큰 턱을 곧추세우고 금방이라도 물어뜯을 태세입니다.

"야! 걍샤다."

"걍… 샤?"

"그냥 사슴벌레를 그렇게 불러."

"그럼… 다른 사슴벌레도 있어?"

"종류 많지. 음~ 넓적사슴벌레, 홍다리사슴벌레, 큰사슴벌레, 톱사슴벌레…."

"웅이 너, 사슴벌레 박사구나, 박사!"

수정이가 눈을 동그랗게 뜨고 놀라워하자, 웅이가 어깨를 으쓱해 보입니다.

"뿔이 멋지다."

수정이가 사슴벌레 뿔을 가리킵니다.

"원래 턱인데, 뿔처럼 생겼다고 그렇게 부르는 거야. 머리가 투구 쓴 거 같지?"

웅이가 반짝이는 진갈색 몸통을 엄지와 검지로 집어 수정이에게 내밀자, 녀석은 날카로운 발톱으로 할퀴려고 발버둥 칩니다. 수정이는 손사래를 치며 뒷걸음질을 합니다.

점심때까지 수정이는 암놈 한 마리와 수놈 한 마리를 잡았습니다. 웅이는 한 마리도 못 잡았지만, 온 세상을 잡은 기분입니다.

　태양이 와랑 와랑, 쨍쨍 온 동네를 찜질방으로 만들고 있습니다. 웅이는 수정이를 데리고 폐품수집소로 갔습니다.

"이건 어때?"

수정이가 축구공만 한 유리어항을 가리킵니다.

"와우~ 딱이다!"

어항은 뜨끈뜨끈 달궈져 맨손으로 잡을 수가 없습니다. 웅이가 주위를 살피더니, 수박을 들고 다니는 그물망을 주워 어항을 담았습니다.

"근데, 위가 쫌 깨졌어."

아쉬운 표정으로 말하는 수정이 볼은 잘 익은 천도복숭아 같습니다.

"괜찮아, 테이프로 붙이면 돼."

웅이가 어항을 달랑달랑 들고 후끈거리는 폐품수집소를 빠져나왔습니다.

"바닥에 참나무톱밥을 깔고 놀이터도 만들어 줘야 돼."

"참나무톱밥?"

동그랗게 뜬 수정이 눈이 샛별처럼 반짝입니다. 웅이는 사람 눈이 그렇게 반짝이는 게 신기합니다. 하지만 지금은 한가하게 수정이 눈만 바라보고 있을 때가 아닙니다. 지금 이 순간 정말 필요한 참나무톱밥을 어디서 구할 것인가를 생각해 내야 합니다. 하지만 웅이가 아무리 '척척해결사'라 해도 이 작은 산골마을에서 참나무톱밥을 구하는 것은 쉽지 않아 보입니다.

　　　　　　　　　　　　　　　　　　　　퐁틱탁톡

"톱밥을 구할 때까지 낙엽 썩은 걸 넣어도 돼."

그렇다고 웅이가 참나무톱밥을 포기한 것은 아닙니다. 단지 수정이를 실망시키지 않기 위한 웅이의 임시방편일 뿐입니다.

어항은 수정이 책상 위에 놓였습니다. 둘이 어항 속 작은 세상을 들여다봅니다. 작은 나뭇가지로 만든 구름다리 놀이터는 아직 인기가 없습니다.

"애들이 구름다리 놀이터를 좋아할까?"

"구름다리는 애들이 뒤집어졌을 때, 일어나기 좋으라고 만들어 주는 거야."

"못 일어나면 어떻게 되는데?"

"그럼 죽지."

"진짜? 아휴~"

수정이가 내뿜은 달콤한 한숨이 어항에 반사되어 웅이 얼굴을 스쳐가자, 웅이는 머릿속이 아득해집니다. 마치 절벽 아래로 천천히 떨어지는 기분이라고나 할까요?

"잘 키울 수 있을까?"

수정이 콧등에 잡힌 주름에는 걱정이 잔뜩 매달렸습니다.

"어렵진 않아, 하지만 뚜껑은 꼭 덮어야 돼, 파리가 들어가면 안 되거든."

"파리하고 싸워?"

"아니, 스트레스 받거든."

"뭐, 스트레스?"

수정이가 웅이 어깨를 손바닥으로 후려치더니, 까르르 웃기 시작합니다. 웃는 것도 처음 보는데, 눈물까지 흘리며 아주 뒤로 넘어갑니다. 순간 웅이 마음은 말로 표현할 수 없는 야릇한 기분에 빠졌습니다. '이런 걸 행복이라고 하는 걸까?'

"얼마 만에 이렇게 웃어 보는지 몰라."

수정이가 손가락을 구부려 하얀 볼에 흘러내린 눈물을 닦어내며 말했습니다. 웅이는 그 모습이 너무 귀엽고 앙증맞아 그만 수정이 볼을 꼬집을 뻔했습니다.

"이름을 뭐라고 지을까?"

마음까지 빨개진 웅이가 급히 말을 돌리자, 수정이가 눈동자를 '빙그르르' 돌리며 생각을 퍼 올립니다.

"음… 나는 꾸미와 꾸니라고 부를래."

"꾸미와 꾸니? 무슨 뜻이야?"

"'꿈'을 '꾸미'로, '꾸다'는 '꾸니'로 바꾼 거야."

"음~ 그러니까 '꿈을 꾼다.'는 말이네. 딱! 어울린다."

"난, 사슴벌레 키워서 돈을 아주 많이 벌 거야."

어항 속을 들여다보는 수정이 눈은 간절한 꿈을 꾸는 것 같습니다. 수정이는 묻고 또 물어봅니다. 오이를 몇 센티 두께로 잘라 주느냐, 오이만 주면 영양실조가 되지 않느냐, 물은 며칠에 한 번 뿌려 주느냐 등등… 웅이는 아주 친절하게 대답해 줍니다. 아마 몇 날, 며칠을 똑같이 물어봐도 절대 짜증 내지 않을 것 같습니다. 하지만 그 바람에 정작 해야 할 고백을 하지 못했습니다.

　다음 날 오후.

"수정아!"

할머니가 급히 수정이를 찾습니다.

"부르셨어요. 할머니?"

"이게 다 뭐냐?"

할머니는 수정이 어항을 보고 있었습니다.

"사슴벌레를 키우는 거예요."

"벌레는 안 된다. 알을 까면 집안이 온통 벌레 천지가 될 텐데…. 안 돼요."

"할머니, 정말 키우고 싶어요."

"집안에서 벌레는 안 돼요."

할머니가 그렇게 단호하신 건 처음입니다. 수정이가 풀이 죽어 어항을 안고 나오는데, 웅이가 교회 마당으로 들어왔습니다.

"벌레는 안 된대…. 꾸니가 바퀴벌레처럼 생겨서 그런가 봐."

할머니는 사슴벌레나, 바퀴벌레나 모두 같은 벌레로 생각하시나 봅니다.

　웅이와 수정이는 어항을 들고 뒷산으로 올라갔습니다.

"꾸미야, 꾸니야! 잘 살아…"

수정이가 눈물을 글썽이며 어항 뚜껑을 엽니다. 수정이 꿈이 날아가는 순간입니다. 웅이 마음은 안타까움에 터져 버릴 것 같습니다.

"잠깐, 수정아!"

수정이 눈에 고였던 눈물이 놀라 똑 떨어집니다.

"따라와 봐."

웅이가 수정이 손에서 어항을 뺏어 들고 급히 산을 내려가기 시작합니다.

"어디 가?"

산봉우리에 걸린 뭉게구름이 울음보가 터질 것 같은 얼굴로 친구들을 내려다봅니다.

"여기서는 맘 놓고 키울 수 있어."

수정이가 고개를 갸우뚱하고 말똥이 웅이를 쳐다봅니다.

"걱정 말고 따라 들어와."

수정이는 내키지 않는 표정으로 뱀 구멍으로 조심조심 기어 들어갔습니다.

"여기는 아무도 못 와."

웅이가 손바닥으로 매트리스를 탕! 탕! 두드리며 큰소리칩니다.

"머리 없는 뱀 때문에?"

"애들은 무서워서 절대 못 들어오고, 어른들은 구멍이 작아서 못 들어와."

조금 어두웠지만 수정이의 시선을 따라 상위에 놓인 책들과 물병, 컵 같은 것들이 보였습니다. '교실 밑에 이런 곳이 있었다니⋯' 수정이는 마냥 신기합니다.

"넌, 내 왕국에 초대된 거야."

천정에 매달린 손전등을 켜자, 손전등이 '흔들흔들' 그네를 타며 땅바닥에 동그란 무늬를 연신 그려내며 '방가! 방가!' 수정이를 환영합니다.

"왕국? 푸, 풋!"

수정이가 웃음을 뿜어냅니다.

"친구들을 소개해 줄게."

"누가 또 있어?"

수정이가 눈꼬리를 치켜세우고 주위를 둘러봅니다.

"이건 제일 나이가 많은 몽당 할배야."

웅이는 아기 이불 속에서 몽당연필을 꺼내 식탁 위에 세워 놓았습니다.

"요건, 깐깐한 지우개 할매, 몽당 할배하고 한 필통에 살았어."

반 토막이 된 지우개는 몽당연필 옆에 놓였습니다.

"킥! 재미있다."

"요건, 불을 무서워하는 크레파스 자매, 불 옆에 가면 녹아 버리거든."

토막 난 크레파스들은 몽당 할배 옆에 나란히 누웠습니다.

"애들은 빰 때리며 노는 딱지 삼총사고, 요건 수영 선수인 복숭아씨 남매, 절대 물에 가라앉는 법이 없어. 그리고 여긴 물에 젖는 걸 질색하는 색종이 누나들, 또 눈이 네 개 달린 바람둥이 단추 형이랑, 만능 맥가이버 장군!"

빨간 칼집의 맥가이버 장군을 꺼내 놓자, 수정이 눈이 휘둥그레집니다.

"이런 칼은 어디서 났어?"

“완수 거야.”

“완수? 우리 반 먹통?”

수정이가 완수를 먹통이라고 부를 만도 합니다. 완수 입은 늘 무언가를 씹고 있습니다. 그 통에 온갖 음식 냄새를 풍깁니다. 최악은 비오는 날 아침 첫 시간부터 비릿한 생선 냄새를 뿜어낼 때입니다. 쥐포를 굽지 않고 먹은 날입니다. 그날은 공부를 포기하고 악취를 퇴치할 온갖 방법을 상상하며 수업이 끝나기만을 학수고대해야 합니다.

“아이들 겁주려고 교실 바닥에 칼 던지기 하다가 구멍에 빠트렸어.”

“왜, 안 찾아?”

“겁이 많거든, 뚱뚱해서 뱀 구멍으로 들어올 수도 없고.”

“그 성질에 볼만했겠다.”

“한동안 애들을 얼마나 괴롭혔는지 몰라.”

웅이는 교실바닥에 탕! 탕! 꽂히며 몸을 떨던 칼이 생각나 몸이 부르르 떨렸습니다.

“여기서는 알을 많이 낳아도 얼마든지 키울 수 있어.”

“고마워, 난 사슴벌레 키워서 부자가 될 거야.”

수정이가 부자 되는 건 찬성이지만, 마음이 불안해지는 건 무슨 까닭일까요? 수정이의 꿈이 불가능할 것 같아서일까요, 아니면 부자가 된 수정이가 이런 작은 산골마을에 살 것 같지가 않아서 일까요?

“학교 폐교되면 여기에다 사슴벌레 농장하면서 살면 좋겠다. 그치?”

“우리 학교 폐교돼? 언제?”

수정이는 여울분교가 폐교된다는 말에 복잡한 표정이 됩니다.

여울분교는 신입생이 들어오지 않은 지 2년이 넘었습니다. 그래서 결국 폐교가 된다고 했습니다.

"웅이 넌, 참 좋은 친구야!"

그 말에 웅이는 수정이를 위해서라면 죽어도 좋겠다고 생각했습니다. 할아버지 목사님이 설교하실 때 '친구를 위해서 죽는 게 최고의 사랑'이라고 하셨기 때문입니다. 그 순간 마음까지 빨개진 웅이가 엉뚱한 말을 해 버립니다.

"지금 사슴벌레 농장 만들까?"

"어떻게? 그래도 돼?"

"누가 말려, 여기는 내 왕국인데."

"고마워. 넌 내 동업자야."

"동업자?"

"하지만 사장은 나야!"

수정이는 가끔 상상도 못할 정도로 냉정합니다. 마치 냉동실에서 꺼낸 가래떡처럼 이빨하나 들어갈 틈도 주지 않고 완벽하게 방어막을 칩니다.

"사슴벌레 농장을 하려면 톱밥을 많이 구해야 되겠는데…."

"왜?"

"월동 준비를 해야지. 알도 낳고 겨울잠도 자야 하니까."

"넌, 대단하다. 그런 걸 어떻게 다 알아?"

웅이가 한쪽에 쌓여 있는 책들을 가리킵니다.

"난, 학교 어린이문고에 있는 책 다 읽었어."

"그걸 다? 언제?"

"일곱 살 때부터 학교 가서 책 보며 놀았거든."

여울분교에 있는 어린이 문고에는 200권이 넘는 아동문고가 있습니다. 웅이는 완수가 귀찮게 굴며 괴롭힐 때마다 학교로 달려가 책을 읽었습니다. 배고픈 줄도 모르고 어두워 글씨가 보이지 않을 때까지 책을 읽었습니다. 책은 외톨이 웅이에게 좋은 친구였습니다. 책속에는 보물 상자처럼 별별 신기하고 흥미진진한 이야기가 가득 들어 있습니다. 완수는 학교를 싫어해서 절대 따라오는 법이 없었습니다.

"집엔 아무도 없어?"

"할머니랑 둘이 살아. 할머니가 오일장을 돌며 장사해서 한번 가면 며칠 동안 나 혼자야."

수정이는 혼자 있는 것이 어떤 기분인지 압니다.

"넌 생각도, 말도, 재미있게 해. 책을 많이 봐서 그런가 봐."

"나, 너한테 자백할 거 있어."

"자백?"

"저번에 빈 병… 완수 엄마한테 누명 쓴 거. 그거 내가 그랬어."

"그런 줄 알았어."

수정이는 별일 아니라는 표정입니다.

"왜… 가만있었어?"

"도와주려고 그런 거잖아."

"미안해. 완수 엄마 진짜 나빴어!"

"난 그런 일 많이 당해서 금방 잊어버려. 하지만 크면 절대 안 당할 거야!”

주먹을 불끈 쥔 수정이 얼굴은 위인전에서 본 ‘잔 다르크’의 모습 같았습니다.

갑자기 빗소리가 쏴~ 아 하고 마루 밑으로 쳐들어왔습니다.

“수정아, 이리와!”

친구들은 매트리스를 뱀 구멍 앞에 끌어다 놓고 그 위에 엎드려 밖을 내다봅니다.

“튀김 하는 거 같지?”

운동장의 모래들이 튀김을 할 때처럼 ‘다다다다’ 튀어 오릅니다. 시원한 바람이 마루 밑으로 훅 밀려들어 오자, 친구들은 기분이 상쾌해집니다.

“수정아, 눈감고 들어 봐.”

수정이가 돌아누워 가슴에 손을 얹고 눈을 감자, 빗소리에 파묻힌 것 같았습니다.

“빗소리가 온몸으로 들리는 것 같지 않아?”

웅이 말처럼 눈을 감자, 빗소리는 온몸으로 들려왔습니다. 수정이는 빗소리를 듣는 동안 마음이 정말 편안해졌습니다.

“나무들은 빗소리를 맨날 몸으로 들어서 좋겠다.”

수정이 말에 웅이는 그냥 고개만 끄덕여 줬습니다. 말을 하는 순간 이 기분이 깨어져 버릴 것 같았기 때문입니다. 웅이는 가만히 누워 빗소리와 지금 이 순간의 느낌을 영원히 기억하고 싶었습니다.

힘차게 쏟아지던 소나기가 매미 울음처럼 뚝 그치자, 지붕에서, 나무에서, 물방울들이 떨어집니다.

고인물 위에 떨어지는 애들은 '퐁!'
풀잎에 떨어지는 애들은 '틱!'
돌멩이에 떨어지는 애들은 '탁!'
땅바닥에 떨어지는 애들은 '톡!'

물방울들은 똑같아 보여도 각자 자기 소리를 냈습니다.
"퐁! 틱! 탁! 톡! 퐁! 틱! 탁! 톡!"
물방울들이 내는 소리는 사이좋게 어우러져 웅이와 수정이를 위한 경쾌한 연주가 되었습니다.

구름이 걷히고 해가 나오자, 갑자기 마루 밑이 환해지면서 신비한 광경이 펼쳐졌습니다. 마치 마루 밑에 수많은 커튼이 내려진 것 같습니다. 마룻바닥 틈새의 크기에 따라 어떤 것은 길게, 어떤 것은 짧게 빛의 커튼이 쳐졌습니다. 마룻바닥 구멍으로도 빛이 내려왔습니다. 구멍을 통해 내려온 빛줄기를 웅이가 손바닥으로 잘라 봅니다. 칼싸움하듯이 손바닥을 옆으로 움직이자, 빛이 잘렸다 붙었다 합니다. 영화에서 본 광선 검 같습니다. 웅이는 광선 검으로 완수와 장군이를 혼내 주는 상상을 하고 수정이는 아빠를 괴롭히는 깡패들에게 복수하는 상상을 했습니다.

3
하늘나라로 간
꾸미와 꾸니

'잃어버린 왕국'에서 재판이 벌어졌습니다.

"미안해. 하지만 어쩔 수 없었어."

"연설하고 있네. 내가 뭐랬어! 인간을 믿지 말라고 했지? 꼴좋다!"

지우개 할매가 하얀 머리를 흔들어 대며 웅이를 몰아세우자, 동그랗게 둘러싼 친구들도 합세해 따져 댑니다.

"배신자! 약속을 안 지켰어."

"왕국이 끝장나면 어떡할 거야? 말해 보라고!"

왕국이 사라진다면 웅이도 큰일입니다.

"수정이가 불쌍해."

크레파스 자매가 조그맣게 종알댔습니다.

"연설하고 있네! 거짓말쟁이는 벌을 받아야 해."

지우개 할매가 냉정하게 말하자, 분위기는 다시 험악해졌습니다.

"맞아! 혼쭐이 나야 한다고!"

딱지 삼총사가 팔딱이며 열을 올리자, 너도나도 한마디씩 한다고 난리법석입니다.

"할매, 무슨 벌을 줘야 하지?"

초록이가 묻는 말에 모두 지우개 할매를 바라봅니다.

"무슨 벌을 줘야 하는 거야? 할매!"

색종이 누나들이 재차 물어봅니다.

"그건….."

지우개 할매는 우물쭈물 대답을 못 합니다.

"오답백과가 알 턱이 없지. 킥킥!"

복숭아씨 남매가 키득거리며 놀립니다.

웅이가 초록이에게 '무슨 말이야?' 하고 눈짓으로 물어봅니다.

"연필은 자기가 쓴 것만 기억하고, 지우개는 지운 것만 기억하는 법이거든."

"그래서?"

"넌 맞는 걸 지우냐, 틀린 걸 지우냐?"

"아하!"

웅이가 오답백과의 뜻을 알아차리자, 친구들이 킥킥 웃어 댑니다.

"영감이 법을 알고 있잖아? 어서 말해 봐!"

지우개 할매가 신경질을 내며 몽당 할배를 몰아세웁니다.

"우리는 벌줄 권한이 없어. 오직 왕만 벌을 줄 수 있어."

몽당 할배가 정색을 하고 말했습니다.

"왕? 왕이 어디 있는데?"

웅이 물음에 친구들이 합창으로 대답합니다.

"여기저기! 어디든지!"

하지만 주위를 둘러봐도 친구들 뿐, 왕은 보이지 않습니다.

"장난하냐?"

"보이지 않는 왕!"

친구들이 또 합창으로 대답합니다.

"왕은 보이지 않아. 하지만 항상 우리와 함께 있어."

초록이가 설명을 하지만 알쏭달쏭할 뿐입니다.

"약속을 어긴 벌은 왕이 알아서 주실 거야."

몽당 할배 말에 모두들 고개를 끄덕였습니다.

"수정이는 정말 예뻐."

단추 형이 몸을 빙글 돌리며 말합니다.

"예쁜 게 아니라, 아름다운 거야. 나처럼…"

빨간 크리스마스 방울이 '때그르르' 구르며 나불댑니다.

"웅이는 좋겠다."

구슬 형제들도 통통 튀어 오르며 부러워합니다.

"지금 그게 문제야? 수정이가 계속 드나드는 게 문제지!"

색종이 누나들이 뾰족한 표정으로 톡 쏘아붙입니다.

"그건 걱정 마. 마루 밑을 들락거려도 웅이 꿈속에만 들어오지 않으면 되니까."

잘난 체하는 건 얄밉지만 웅이를 궁지에서 구해 주는 건 늘 초록이입니다.

웅이와 수정이는 오전 내내 참나무톱밥을 구하러 쏘다니고 있지만 톱밥은 구경도 할 수 없습니다. 여울마을 같은 작은 산골 동네에는 목공소나, 제재소가 없기 때문입니다.

"꼭 참나무톱밥이라야 돼?"

"참나무톱밥이 사슴벌레 유충들 밥이거든."

둘이 학교 교문에 기대어 쉬고 있는데, 앞에서 명이와 은이가 손을 잡고 걸어옵니다. 쌍둥이 자매는 언제나 손을 잡고 다닙니다.

"안녕!"

퐁틱탁톡

"안녕! 수정 언니~"

쌍둥이 자매가 똑같이 손을 흔들며 반갑게 인사합니다.

"어디 가?"

"엄마 심부름…. 두부 사러."

쌍둥이 자매는 방학숙제를 하는 중입니다.

"명이야, 너희 집에 톱밥 있어?"

수정이 물음에 명이가 커다란 눈을 천천히 굴리며 대답합니다.

"응, 톱밥 많아."

"진짜? 그런데 참나무톱밥이야?"

"몰라. 그런데 많아."

두 친구는 얼굴을 쳐다보며 동시에 외쳤습니다.

"가 보자!"

버섯을 기르는 명이네 집은 큰길에서 조금 떨어진 산 밑에 있습니다. 명이엄마는 베트남에서 시집왔는데 눈이 크고 착하게 생겼습니다. 명이와 은이가 엄마 눈을 닮아 예쁜 것 같습니다. '난 누구 눈을 닮았을까?' 웅이는 궁금합니다.

"쑤정 언니? 너, 쑤정 언니 마자요?"

명이 엄마가 수정이를 보고 반갑게 물어봅니다.

"안녕하세요."

수정이는 얌전하게, 웅이는 씩씩하게 인사했습니다. 명이 아빠는 옛날 사람처럼 머리를 길러 뒤로 묶었고 키가 참 큽니다. 웅이가 톱밥을 얻으러 왔다고 말하자, 명이 아빠는 둘을 데리고 커다란 비닐하우스로 갔습니다. 향긋하고 시원한 냄새가 나는 하우스 안에는 선반들이 많고 그 위에 아이스크림 같이 생긴 것들이 투명한 플라스틱 병에 담겨 있었습니다.

"이건 노루궁뎅이버섯이란다."

"킥킥!"

버섯 이름이 대박 웃겨 웅이는 그만 웃고 말았습니다. 수정이는 노루궁뎅이버섯을 보면서, 엄마와 같이 만들던 고소하고 달콤한 머핀이 떠올라 눈물이 날 뻔했습니다.

"네가 수정이구나. 넌, 우리 쌍둥이한테 영웅이더라, 집에 오면 네 얘기만 해."

"명이가요?"

"그래, 완수 녀석이 너 때문에 우리 쌍둥이들을 괴롭히지 못한다면서?"

"……."

"고맙다. 그런데 톱밥은 왜 필요하니?"

"사슴벌레 키우려고요. 그런데 참나무톱밥이라야 된대요."

"마침 잘됐구나. 우리가 참나무톱밥을 쓴단다. 많이 있으니까, 필요한 만큼 가져가고 더 필요하면 언제든지 가지러 와."

"정말이요? 감사합니다."

"이건 할머니 드려라."

명이 아빠는 노루궁뎅이버섯도 다섯 개나 주셨습니다. 신나게 돌아오는 친구들 머리 위에서 잠자리들이 뱅뱅 술래잡기를 합니다.

　여름방학은 휙휙 빨리도 지나가고, 동업자들은 오늘도 아침부터 마루 밑으로 달려갑니다.

"아~ 악!"

　먼저 마루 밑에 들어간 수정이가 비명을 질렀습니다.

“수정아, 왜 그래?”

“꾸미가 죽었어.”

“뭐?”

어항 속 꾸미가 뒤집어져 있고 그 옆에 꾸니가 엎드려 있습니다. 손가락으로 건드려 보았지만 꼼짝도 안합니다.

“내가 꾸미를 죽였어, 내가 잘못해서 전부 죽였어. 흑흑!”

‘이럴 땐 어떻게 해야 하지….’ 웅이는 속이 바싹바싹 타들어 갑니다. 그때 반짝 떠오르는 생각이 있어 손가락으로 톱밥 속을 조심조심 헤쳐 보았습니다.

“수정아! 이거 봐, 알이야. 꾸니가 알을 낳았어!”

수정이가 놀란 눈으로 어항 속을 들여다보자, 검은 톱밥 사이로 좁쌀만 한 노란 알들이 말짱히 숨어 있었습니다.

“진짜네. 꾸니가 알을 낳았네.”

눈물범벅이 된 수정이가 입을 반달처럼 벌리고 웃었습니다. 웅이가 사슴벌레들 고향이 참나무 밑이라고 해서, 꾸미와 꾸니의 무덤은 뒷산 참나무 밑이 되었습니다. 수정이가 두 손을 모으고 종알종알 기도해 주었습니다.

‘엄마 무덤은 어디 있을까?’ 웅이는 눈을 감고 생각했습니다.

토요일 아침.

“슛~ 골인!”

웅이가 빈 컵을 쓰레기통에 던지며 소리칩니다. 웅이는 혼자 있을 때, 밥 차리는 것이 귀찮아 컵라면을 주로 먹습니다. 빨리 먹어서 좋고 무엇보다 설거지 안 하는 것이 짱입니다. 할머니가 잔소리하시지만 어쩔 수 없습니다.

웅이가 부지런히 교회로 가는데 슈퍼 앞에 검은 승합차가 서 있습니다. 간이 덜컹, 심장이 '쿵쾅쿵쾅' 방망이질을 해댑니다. 차 안에는 야구 모자와 선글라스가 무슨 이야기를 하며 낄낄대고 있습니다.

'수정이한테 알려야 해!' 웅이는 쏜살같이 교회 언덕으로 달려 올라갔습니다.

수정이는 할머니를 도와 예배당 커튼을 치고 있었습니다.

"수정아!"

웅이와 수정이는 교회 뒤로 갔습니다.

"슈퍼삼거리에 수상한 사람들 왔어. 저번에도 왔었어."

"그래?"

수정이가 웅이를 빤히 쳐다보더니, 눈꼬리가 서서히 올라갑니다.

"그걸 왜 나한테 말하는 건데?"

수정이 눈은 '똑바로 말 안하면 죽는다!'라고 말하고 있습니다.

"그냥… 너도 알아야 할 거 같아서…."

"너, 우리 아빠에 대해서 알고 있었지?"

"어? 어, 조금…"

"언제! 어디서! 어떻게 알았어, 똑바로 말해!"

웅이 머릿속에서 '아이고! 이 바보탱이야!'라고 소리칩니다. 하지만 이미 엎질러진 물입니다.

"마… 마루 밑에서 들었어."

찌릿찌릿한 침묵이 3초쯤 흘러갑니다. 수정이의 레이저 눈빛에 웅이 심장은 녹아내릴 지경입니다.

"그 사람들 무슨 차 타고 왔어?"

수정이가 차분하게 물어봅니다. 휴~ 일단 위기는 넘긴 것 같습니다.

"까만 승합찬데, 두 명이야."

"선글라스 쓴 사람도 있어?"

말하는 수정이 얼굴이 점점 하얗게 질려 갑니다.

"있어. 선글라스에 뚱뚱하고 키 작은 사람하고 야구 모자 쓴 사람은 키 크고… 아! 저번에 네 사진도 보여 줬어."

"악질 깡패, 찰거머리들!"

수정이 주먹이 부르르 떨립니다.

"경찰에 신고할까?"

"안 돼!"

수정이가 너무 강하게 반대하는 통에 웅이는 머쓱해져 입을 다물었습니다.

"여기 있는 거, 모를 수도 있잖아?"

웅이는 무슨 말이라도 하지 않고는 견딜 수가 없습니다.

"완수 엄마가 벌써 말해 줬을 거야."

그 말에 웅이 마음이 와르르 무너졌습니다.

'으이그~ 차라리 아무 말도 하지 말걸….'

　　　　　　　　　　　　　　　　　　　　　　　

완수네 슈퍼 앞. 야구 모자와 선글라스가 파라솔 밑에 앉아 캔 맥주를 마시며 지나가는 사람들을 힐끔거립니다. 그때 장군이가 개집에서 나와 파라솔 쪽으로 다가왔습니다.

"저리가! 저리 가~ 아!"

선글라스가 화들짝 놀라 일어나며 소리칩니다.

"아따! 행님도, 묶여 있는 개가 뭐시 무섭다고 그러시오?"

"얌마! 내가 무서워서 그러냐? 냄새나서 그러지!"

"행님이 개 무서워하는 거야, 이 바닥에서 다 아는 일인디…."

완수 엄마가 작은 쟁반에 오징어를 구워 가지고 나왔습니다.

"아따, 아줌씨! 기왕이면 싸비스 고추장도 쪼깨 주시오!"

"고추장은 하늘에서 거저 떨어지나!"

"아따, 인심 한번 오지게 맵소. 아줌씨 인심에 오징어 찍어 먹어도 되겠소. 잉!"

"뭣이야!"

완수 엄마가 쟁반을 팽개치듯 내려놓는 바람에 애꿎은 오징어가 팔딱 재주를 넘습니다.

"야야! 그냥 먹자."

선글라스가 야구 모자를 말리며 완수 엄마를 부릅니다.

"누님~ 이 사람들 본적 있우?"

완수 엄마가 선글라스 손에서 사진을 낚아채 들여다봅니다. 사진 속의 남자는 잘 모르겠지만, 여자애는 분명히 알아볼 수 있습니다. 금쪽같은 외아들이 집도 절도 없는 계집애를 좋아해서 속이 뒤집어지는 판에 몰라볼 리가 없습니다.

"글쎄, 어디서 본 것도 같은데…."

완수 엄마가 말끝을 흐리며 눈치를 봅니다.

"누님~ 똑똑한 머리로 잘 생각해 봐요. 서로 좋은 일이니까."

선글라스가 한쪽 눈을 찡긋거리며 비굴하게 웃습니다.

"내가 좋을 게 뭐야?"

"누이 좋고, 우리도 좋고 있잖우."

"연락처나 하나 줘 봐요."

완수 엄마가 사진을 돌려줍니다.

"정말 몰라요?"

"맥주하고 오징어 값, 만오천 원!"

선글라스가 만 원짜리 두 장과 명함을 완수 엄마 손에 쥐어 주며 속삭입니다.

"잔돈은 됐우. 대신 생각나면 전화해 줘요. 짭짤하게 인사할 테니까. 아! 새벽에도 상관없어요. 24시간 언제든지 콜이니까."

완수 엄마는 돈과 명함을 번갈아 보더니, 배시시 웃으며 가게 안으로 들어갔습니다.

며칠 후, 친구들이 마루 밑에 가려고 교회를 나서는데 완수가 불쑥 들이닥칩니다.

"방학 숙제 하자고?"

완수가 스스로 숙제를 하자고 찾아오다니, 해가 서쪽에서 뜰 일입니다.

'어쩔 거야?' 웅이가 눈짓으로 수정에게 물어봅니다.

"그래, 숙제하자. 근데 너, 네 맘대로 하면 안 돼!"

약발이 얼마나 갈지는 모르지만, 수정이가 완수에게 다짐을 받습니다.

"알았어."

"장군이도 안 돼!"

"알았다고…."

완수가 이렇게 순순히 응하다니, 완수 엄마가 말 잘 듣는 약이라도 먹였나 봅니다. 친구들은 교회 계단에 앉아 수정이가 가지고 나온 캔 식혜를 마시며 계획을 짭니다.

"어떻게 그릴지 생각해 봤어?"

수정이가 묻자, 5초쯤 뜸을 들이던 완수가 마지못해 대답합니다.

"아니… 이제부터 생각하려고."

"됐고! 웅이, 넌?"

"난, 마을 건너편 산에 올라가서 마을 전체를 보면서 그리는 게 좋을 거 같아."

완수가 놀란 표정으로 웅이를 쳐다봅니다.

"웅이 계획이 좋은 것 같은데, 네 생각은 어때?"

"산에 가면 힘든데…."

완수가 웅이를 째려보며 궁시렁댑니다.

"갈 거야, 말 거야?"

수정이 눈꼬리가 올라가자, 완수가 급해졌습니다.

"아, 알았어. 갈게."

출발하려는데, 완수가 엉뚱한 말을 합니다.

"수정아, 점심 먹고 가면 안 돼?"

"벌써?"

"응, 배고파."

11시도 안 됐지만, 라면을 끓여 먹고 가기로 했습니다. 어차피 산에 갔다 오면 점심때가 훨씬 지날 것이기 때문입니다.

"수정아! 많이 끓여. 난, 기본이 두 개거든."

수정이가 완수의 비굴한 눈웃음에 레이저를 쏘아 주고는 쌩하니 안으로 들어갑니다.

수정이가 끓인 라면은 꼬들꼬들해서 웅이 입맛에 딱 맞았습니다.

"그 국물 안 먹을 거야?"

완수가 웅이가 남긴 라면 국물을 가리킵니다.

"이거?"

완수는 대답도 듣기 전에 재빨리 그릇을 가져가더니, 후루룩 마셔 버렸습니다.

"라면은 국물이 진짜 맛있는 건데….."

라면국물이 묻은 빨간 입이 말했습니다.

산 밑에 도착한 웅이는 나뭇가지를 주워 지팡이를 만들어 수정이에게 주었습니다.

"산에서는 지팡이가 필요해."

웅이는 산에 가면 언제나 지팡이를 만듭니다. 수풀을 탁탁 쳐서 뱀이나 들쥐 같은 것들을 쫓기도 하고 얼굴에 걸리면 기분 나쁜 거미줄도 휙휙 걷으면서 갈 수 있기 때문입니다. 완수는 과자를 먹느라 지팡이를 만들지 않았습니다.

건너편 마을을 확인하면서 부지런히 산을 올라, 마침내 여울마을이 한눈에 보이는 데까지 올라가자, 숨이 차고 다리도 아픕니다. 수정이가 작은 물병을 꺼내 웅이와 한 모금씩 마셨습니다. 완수는 마시고 싶지만 차마 달라고 하지 못합니다. 과자를 혼자 먹었기 때문입니다.

"마셔!"

수정이가 물병을 주자, 완수는 벌컥벌컥 마시더니 다 마셔 버렸습니다.

"여기서 그리자!"

수정이가 널따란 묘지 앞 잔디에 앉으며 말했습니다.

"각자 그린 다음에 잘된 점들을 골라 큰 도화지에 옮겨 완성하는 건 어때?"

웅이 의견에 완수가 못마땅한 눈으로 째려보았지만 수정이가 찬성해서 그렇게 하기로 했습니다. 수정이는 쓱쓱 마을 뒷산을 그리더니, 신작로와 작은 길들을 그려 넣었습니다. 웅이는 마을을 어디서 어디까지 그려 넣을지를 생각하며 그렸습니다. 그런데 완수가 그리는 지도는 이상합니다. 집들을 너무 크게 그려서 지도 안에 집들로 가득해 도대체 어디가 어디인지 알아볼 수가 없습니다.

"아야, 아야야! 배가 아프다."

완수가 갑자기 배가 아프다며 소리를 질러 댑니다.

"너, 그리기 싫으니까, 꾀병 부리는 거지? 다 알아!"

미운 짓만 골라 하는 완수에게 고운 말이 나갈 리 없습니다.

"아니야, 진짜 배가 아프단 말이야. 진짜야. 아이~ 고 배야!"

"그렇게 먹어 대니, 배탈 안 나고 배겨?"

수정이 말에는 쌩쌩 찬바람이 불지만, 웅이는 걱정이 됐습니다.

"수정아, 진짜 아픈가 봐."

완수가 배를 잡고 때굴때굴 구르기 시작하자, 수정이도 걱정이 됐습니다.

"내가 완수 아빠 불러올게."

수정이가 벌떡 일어났습니다.

"넌, 산길을 잘 모르잖아."

웅이가 쏜살같이 산 밑으로 뛰어 내려갔습니다.

완수는 수정이 팔을 잡고 소리소리 지릅니다.

"수정아! 나 좀 살려 줘! 배가 너무 아파. 아이고~ 배야!"

완수는 땀을 줄줄 흘리면서 얼굴이 점점 하얗게 변해 갔습니다.

'죽으면 어떡하지?' 수정이는 생각나는 대로 막 기도했습니다. 그러다가 눈물도 나왔습니다. 완수는 지쳤는지 조용해졌습니다.

완수 아빠가 달려와 완수를 업고 산을 내려갔습니다. 슈퍼삼거리에는 사람들이 많이 모여 웅성댔고 119 구급차가 '삐뽀 삐뽀' 달려와 완수를 읍내 병원으로 싣고 갔습니다. 완수 엄마가 같이 가겠다고 난리 쳤지만 구급차에 자리가 없어 완수 아빠만 갔습니다.

"너지? 니가 우리 완수 꼬여서 산에 데려갔지? 산에 가서 뭐 했어? 엉! 뭔 짓을 해서 우리 완수가 저 모양이 된 거야!"

완수 엄마는 멍하게 쳐다보는 수정이 뺨을 사정없이 후려쳤습니다. 하얀 뺨에 커다란 손자국이 생기며 빨갛게 부풀어 올랐습니다.

"아니에요! 씨~ 수정이가 데려간 게 아니라고요!"

웅이가 수정이 앞을 막아서며 대들자, 완수 엄마는 웅이 머리를 주먹으로 쥐어박았습니다.

"어미애비 없는 것이 못 배워 먹어 가지고!"

"그게 아니라고요! 씨~ 알지도 못하면서!"

웅이가 눈을 부릅뜨고 따지는데, 뒤에서 누가 손을 잡아끕니다.

"집에 가자!"

수정이 팔 힘이 얼마나 센지, 웅이는 질질 끌려가고 말았습니다.

웅이와 수정이는 뒷산에 올라가 나란히 앉았습니다. 완수네 슈퍼 간판이 빤히 내려다보입니다.

"두고 봐. 내가 크면 다 복수해 줄 거야!"

웅이는 수정이의 빨갛게 부풀어 오른 뺨을 보며 도저히 화를 참을 수가 없습니다.

"할머니한테 말하지 마. 괜히 걱정만 하셔."

웅이는 수정이를 이해할 수가 없습니다. 지금 할머니 걱정을 할 때가 아닙니다.

병원에 다녀온 할아버지 목사님이 완수는 급성맹장염이었다며 웅이가 재빨리 집에 알렸기 때문에 살았다고 칭찬해 주셨습니다.

이틀 후, 할아버지 목사님이 수정이를 불렀습니다.

"수정아, 읍내 병원에 가는데, 너도 같이 가지 않겠니?"

"병원에요?"

"그래, 완수가 병원에 있잖니."

"……."

"내키지 않으면 안 가도 돼."

"갈게요. 웅이하고 같이 가도 되죠?"

완수는 침대에 누워 만화책을 보고 있고, 졸고 있던 완수 엄마는 목사님이 들어서자 화들짝 놀라 일어났습니다.

"안녕하세요."

수정이가 인사하자, 완수 엄마는 포도주스 캔을 하나씩 손에 쥐어 주고 목사님을 따라 얼른 밖으로 나가 버렸습니다.

"많이 아파?"

완수는 수정이가 병문안 온 것이 좋기만 한지 싱글벙글합니다.

"처음에는 죽게 아팠어."

웅이는 환자복을 입고 누워 있는 완수가 조금 불쌍해 보였습니다.

"나 땜에 기도하는 거, 다 들었어."

완수 말에 얼굴이 빨개진 수정이가 가방에서 마을 지도를 꺼냈습니

퐁틱탁톡

다. 맨 밑에 이렇게 쓰여 있습니다. '그림 : 정웅, 김수정, 박완수,'

"어? 내 이름도 있네."

"선생님이 같이 하랬잖아."

잠시 후, 완수 엄마가 맛난 냄새를 폴폴 풍기는 커다란 상자를 들고 들어왔습니다.

"이거, 먹고 가."

"고맙습니다."

"엄마, 나도 먹어도 돼?"

"넌, 방귀 나와야 돼! 아직 방귀 안 나왔잖아."

"엄마! 창피하게 그런 말을 하면 어떡해!"

피자 위에 올라앉은 소시지처럼 빨개진 얼굴이 소리쳤습니다. 웅이는 얼마 만에 먹어 보는 피자인지 모릅니다. 정말 혀가 딸려 들어가도록 맛이 있었습니다.

4
추격자

산골마을에 가을이 성큼 찾아왔습니다. 토독토독 도토리랑 알밤들이 떨어지고, 다람쥐들은 양 볼이 터져라 도토리를 물고 다닙니다. 세상은 온통 겨울 준비로 바쁜데, 수정이는 마루에 앉아 한숨만 폭폭 내쉬고 있습니다. 날씨는 점점 추워지는데 밥도 제대로 못 먹고 다닐 아빠를 생각하면 속이 터집니다. 깡패들이 언제 들이닥칠지 모르고, 도망치려면 돈이 필요한데 돈을 모을 수도 없습니다.

"수정이가 무슨 걱정이 있는 모양이구나?"

할머니가 수정이 표정을 살피며 옆에 앉았습니다.

"아빠한테 무슨 일이 생긴 거냐?"

"할머니….."

수정이가 눈물을 왈칵 쏟아냈습니다.

"무슨 일인지 나한테 이야기해 주겠니?"

할머니가 꼭 안아 주자, 수정이는 할머니 품에 안겨 엉엉 울었습니다.

방과 후, 집에 가는 길.

"수정아! 밤 따러 갈래?"

완수가 수정이 옆에 따라붙으며 말을 겁니다.

"안 돼!"

매몰찬 대꾸에 얼굴이 홍당무가 된 완수가 앞으로 뛰어가 버렸습니다.

"무슨 일 있어?"

웅이가 눈치를 보며 물었지만, 수정이는 말없이 교회 언덕으로 올라가 버렸습니다.

 퐁틱탁톡

다음 날. 수정이가 책가방을 메고 뒷산으로 올라갑니다. 아직 해가 뜨지 않아 어슴푸레한 산길을 스적스적 올라갑니다. 산길에서 벗어나 수풀로 들어서자, 운동화가 이슬에 촉촉하게 젖어 옵니다. 안개 낀 숲 속에 참나무들이 거인들처럼 팔을 벌리고 서 있습니다. 가쁜 숨을 쉬는 수정이 몸 안으로 신선한 숲의 향기가 가득 들어와 상쾌해집니다. 수정이는 책가방을 앞으로 매고 도토리를 주워 담기 시작합니다. 알밤들도 떨어져 반짝이고 있지만 도토리만 줍습니다.

해가 뜨자, 도토리가 아주 잘 보입니다. 도토리를 줍고 다닐 때는 눈이 땅바닥만 보고 있어 옆에 누가 와도 모릅니다.

"많이 주웠어?"

그 소리에 수정이가 허리를 폈습니다.

"어떻게 알았어?"

"할머니가 도토리 주우러 갔다고 해서."

나뭇잎 사이를 뚫고 들어온 햇살이 무대 조명처럼 두 친구를 비춰 줍니다.

"몇 시야?"

수정이는 방금 잠에서 깨어난 것처럼 멍한 표정입니다.

"아홉 시 넘었어. 배고프지, 이리와 봐!"

웅이는 우거진 숲으로 들어가 옆으로 비스듬히 누워 있는 나무 앞에 섰습니다.

"이 나무는 기운이 없나? 드러누웠네."

모양도 울퉁불퉁, 꾸불꾸불 이상하게 생긴 나무입니다.

“올라와 봐.”

웅이가 훌쩍 뛰어 나무 위로 올라가더니 양팔을 벌리고 외줄타기처럼 간들간들 나무 위를 걸어갑니다. 수정이도 따라 올라갔습니다.

“여기 앉자.”

수정이는 나뭇가지를 붙잡고 웅이와 나란히 걸터앉았습니다. 웅이가 두 발을 위아래로 흔들흔들 구르자 나무가 출렁출렁 파도를 탑니다. 수정이도 같이 발을 구릅니다. 친구들은 깔깔대며 신나게 파도를 탔습니다.

“이거 먹어 봐.”

웅이가 쪼글쪼글한 초록색 열매를 따서 줍니다. 옆으로 누운 나무에는 덩굴줄기가 이리저리 감겨 있고 축축 늘어진 가지에는 대추처럼 생긴 초록열매들이 다닥다닥 많이도 달려 있습니다.

“이게 뭔데?”

수정이는 선뜻 입에 넣지 못하고 웅이를 바라봅니다.

“산다래야.”

웅이가 다래 한 개를 입에 넣고 씹자, 수정이도 입에 넣고 살짝 씹어 봅니다. 새콤달콤한 맛이 입안에 가득 퍼지며 침이 가득 고입니다.

“와! 맛있다. 이거 할머니도 따다 드리자.”

말은 그렇게 하지만, 수정이는 아빠를 생각하며 주머니에 다래를 따 넣었습니다. 입속으로 한 개, 주머니로 두 개…

“그냥 같이 있기만 해도 기분 좋은 게 있어. 이 다래나무가 그래.”

웅이는 ‘수정이 너도 그래.’라고 덧붙여 말하고 싶었지만 차마 그 말은 하지 못했습니다.

수정이는 웅이가 다래 같은 사람이라고 생각했습니다.

"웅이, 너는 이 다래 같애."

수정이가 잘 익은 다래 한 개를 웅이 얼굴 앞에 들어 보이며 말했습니다.

"너무 많이 먹지 마."

얼굴이 홍당무가 된 웅이가 엉뚱한 말을 해 버립니다.

"왜?"

"혓바닥이 갈라져."

"진짜?"

수정이는 먹는 걸 멈추고 혓바닥을 길게 내밀어 손으로 만져 봅니다.

"메롱~"

웅이가 갑자기 수정이를 향해 혀를 쏙 내밉니다. 혓바닥이 만화영화에 나오는 초록괴물처럼 온통 초록색입니다.

"우~ 웩!"

수정이가 토하는 흉내를 내자, 웅이가 나무에서 훌쩍 뛰어내립니다. 그 바람에 수정이가 출렁출렁 춤을 춥니다.

"다섯 살 때 처음 이 나무를 발견했어. 난 집에 혼자 있기 싫고, 완수가 귀찮게 굴면 여기 와서 이 나무하고 놀았어. 그래서 이 나무는 친구 같아."

웅이가 나무를 쓰다듬으며 말했습니다.

"이 나무 이름은 뭐야?"

"음…. 진짜 이름은 모르겠고, 다래덩굴이 끌어안고 사니까, '다래 엄마'라고 할까?"

나무 위에 걸터앉은 수정이 뒤로 햇살이 쏟아져 들어와 눈이 부셨습니다. 수정이는 새콤달콤한 맛에 도저히 먹는 걸 멈출 수가 없습니다. 그 바람에 주머니도 통통해졌습니다.

할머니가 펴 놓은 멍석에 웅이와 수정이가 도토리를 쏟았습니다.

"웅이는 도토리보다 밤을 더 많이 주웠구나."

할머니 말에 수정이와 웅이는 밤을 일일이 골라내야 했습니다.

"도토리묵은 장에서 아주 인기가 좋단다."

할머니는 도토리를 멍석에 골고루 펴며 말했습니다.

"할머니 이거 팔 거예요?"

할머니와 수정이는 도토리묵을 만들어 돈을 마련할 계획입니다.

"웅이가 못 먹어 섭섭한 게로구나."

"할머니, 또 주워 올게요."

웅이 말에 할머니가 웃으며 말했습니다.

"다람쥐 한 마리가 겨울을 나려면 도토리가 이백 개나 있어야 한다는구나."

수정이는 자기 때문에 다람쥐들이 굶을지도 모른다는 생각이 들어 미안했습니다.

"숲에서는 도토리 한 개, 작은 풀씨 하나도 소중하단다. 땅에 떨어진 낙엽이 벌레들 집이 되고, 작은 풀씨들도 새들의 소중한 밥이 되거든. 그래서 숲에는 쓰레기가 없단다."

밤에는 교회 뒷마당에서 알밤을 구워 먹었습니다. 수정이가 모닥불 속에 알밤을 한 주먹 던져 넣는 바람에 난리가 났습니다. 알밤들이 '펑펑!' 불티를 피워 올릴 때마다 하얀 수정이 얼굴이 환하게 빛났다 사라졌습니다.

일요일 오후.

웅이가 오랜만에 할머니와 점심을 먹고 교회로 가는데, ‘119 구급차’가 교회 앞에서 빨간 경광등을 번쩍번쩍 돌리고 있습니다. ‘누구지?’ 웅이 심장이 콩닥콩닥 뜁니다.

한달음에 교회 마당에 들어서는데 구급차 뒤로 수정이가 보입니다. 멀쩡하게 서 있는 수정이가 그렇게 고마울 수가 없습니다.

“왜 그래?”

“할머니가 팔을 다치셨어.”

“어떡하지?”

“병원에서 수술할지도 모른대.”

여울교회에서는 예배를 드리고 나서 다 같이 점심을 먹습니다. 주로 멸치국수나 떡국 같은 걸 먹는데, 할머니는 설거지 그릇을 들고 가다 넘어져 팔이 부러지셨습니다. 웅이는 어릴 때부터 교회에 다녔습니다. 목사님 설교는 지루했지만 할머니들과 점심을 함께 먹는 것이 좋고, 완수가 싫어하는 세 곳 중에 하나가 교회이기 때문입니다.

웅이는 걱정하는 수정이를 위해 온종일 같이 있어 주었습니다. 밤늦게 병원에서 돌아온 목사님이 수정이를 불렀습니다.

“수정이가 놀랐겠구나. 할머니는 수술을 해야 한단다. 그래서 한동안 내가 할머니 곁에 있어야 해. 수정이가 혼자 있어야 할 텐데 걱정이구나.”

“저는 걱정 마세요. 아빠와 둘이 살 때, 제가 밥도 하고 라면도 끓여 먹었어요."

"너 혼자 밥을 먹게 해서 미안하다. 무슨 일이 생기면 바로 전화해 다오."

"목사님, 제가 같이 있어도 돼요?"

웅이가 얼른 말했습니다.

"오! 웅이가 같이 있어 주면 좋겠구나."

다음 날, 목사님이 아침 일찍 병원에 가신 후, 수정이가 달그락거리며 아침을 준비합니다. 웅이는 아침부터 부지런을 떨어 쓱쓱 교회 마당을 쓸어 줍니다.

"웅이야, 같이 먹자."

'웃후! 수정이와 마주앉아 아침밥을 먹다니….' 이건 꿈도, 소꿉장난도, 아닙니다. 그런데 수정이가 우울해 보입니다. 아마 도토리묵 때문인 것 같습니다. 할머니가 사고를 당하시는 바람에 도토리묵 장사는 시작도 못 해 보고 휴업상태가 되고 말았습니다.

"우리가 팔아 볼까?"

"우리가 어디 가서 팔아…."

수정이가 시무룩하게 대꾸합니다.

"내일이 읍내 오일장 서는 날이야."

"학교는 어떡하고? 목사님이 걱정하실 거야."

"포기할 순 없잖아."

"할머니도 아프신데… 내 생각만 하면 어떡해."

"밤에 목사님 오시면 말씀드려 보자."

웅이와 수정이는 학교를 다녀와 저녁도 같이 먹었습니다. 수정이는 반찬을 못 만들지만 걱정 없습니다. 동네 할머니들이 반찬을 많이 가져다줘서 할머니가 있을 때보다 오히려 더 많습니다. 그런데 과수원 할머니가 배추된장국을 한 솥 끓여다 줘서 계속 배춧국만 먹고 있습니다.

"수정아, 우리 다른 국 먹으면 안 돼?"

"안 돼. 아직 더 먹어야 돼."

그래서 웅이가 반찬을 만들어 보기로 합니다. 제일 좋아하는 계란부침입니다. 그런데 계란이 프라이팬에 들러붙어서 엉망이 되고 말았습니다.

"기름을 안 넣고 하면 어떡해!"

"아! 맞다. 그런데 기름이 어디 있지?"

"으이그~ 못살아. 싱크대 밑에 있잖아, 여기!"

완수가 둘이 사이좋게 밥 먹는 걸 창문으로 보고 말았습니다. 그렇지 않아도 둘이 매일 붙어 다니는 게 신경질 나는데 이젠 아주 같이 삽니다. 완수는 웅이 신발을 교회 담 밖으로 던져 버렸습니다.

"오줌싸개가 뭐가 좋다고!"

집에 돌아온 완수는 꼬리를 흔들며 반기는 장군이에게 화풀이를 해 댔습니다.

그날 밤, 목사님은 집에 돌아오시지 않았습니다.

"할머니가 오늘 수술을 해서 내가 집에 갈 수가 없구나."

“걱정 마세요. 웅이가 와 있어요.”

웅이가 옆에서 할머니와 통화하라고 재촉합니다.

“저… 목사님, 할머니하고 통화할 수 있어요?”

“그래, 바꿔 주마.”

수정이는 할머니에게 도토리묵을 어떻게 해야 좋을지 물었습니다.

“아이고, 내 정신 좀 봐. 묵을 깜빡했네.”

일은 일사천리로 진행됐습니다. 목사님이 선생님께 전화해주기로 했고, 도토리묵은 목사님이 읍내 장터까지 실어다 주기로 했습니다.

“비닐봉투가 많이 필요할 거야. 근데 돈을 받으면 어디다 넣지?”

웅이와 수정이는 장사 준비하느라 신바람이 났습니다.

“창고에 추수감사절에 떡 싸 주던 비닐봉투가 남아 있을 거야.”

수정이가 창고로 달려가고 웅이는 커다란 도화지를 꺼내 가격표를 만듭니다.

“돈은 책가방에 넣는 게 안전하겠지?”

수정이가 책가방을 챙깁니다.

“근데, 얼마에 팔지?”

“할머니가 5천 원에 팔라고 하셨어.”

“그렇게 비싸게 팔아?”

“시장에서 파는 것보다 묵이 커서 잘 팔릴 거라고 하셨어.”

‘왕 도토리묵 1개에 5천 원’이라고 쓴 가격표는 묵이 담긴 라면박스 앞에 스카치테이프로 붙였습니다. 괘종시계가 ‘땡땡’ 12시를 알립니다. 하지만 웅이와 수정이는 잠이 오지 않습니다. 둘은 따뜻한 이불속에 발을 넣고 마주 앉았습니다.

"이야기해 줘."

"무슨… 이야기?"

이불 속에서 수정이 발이 더듬더듬 웅이 발을 찾습니다. 웅이도 수정이 발에 꼬물꼬물 대꾸합니다. '더듬더듬, 꼬물꼬물' 이불 속에서 발가락들이 술래잡기를 합니다.

"엄마는 나 여덟 살 때, 돌아가셨어."

수정이가 갑자기 엄마 이야기를 합니다.

"……."

"나, 학교 데려다 주고 집에 가다 뺑소니 사고 당했어."

"……."

"그 바람에 아빠가 몇 달 동안 술만 마셨어."

"진짜 힘들었겠다."

"경리 직원이 아빠 이름으로 큰돈을 빌려 달아나는 바람에 회사도 망했고, 아빠는 빚쟁이가 된 거야."

"경찰에 신고해서 잡으면 안 돼?"

"사채업자들이 아빠를 경찰에 사기로 고발해 놔서 아빠가 먼저 잡혀간대."

"……."

"아빠… 나 때문에 잡힐 수 없는 거야."

웅이는 목이 꽉 막히고 눈물이 날 것 같습니다.

'절망은 희망의 그림자일 뿐이래.' 웅이가 가까스로 생각해낸 말이지만 차마 말하지 못했습니다. 웅이 자신도 썩 위로가 되지 않았기 때문입니다.

"넌, 꿈이 뭐야?"

수정이의 갑작스런 질문에 웅이는 당황스럽습니다.

"생각이 안 나…."

웅이는 꿈을 생각해 본 적은 없지만 자신이 바라는 게 무엇인지는 잘 압니다. 가족들하고 같이 밥 먹고, 한 이불에서 자고 늘 함께 있는 것입니다. 하지만 수정이가 웃을 것 같아 말하지 않았습니다.

"난, 다래나무 같은 사람이 되고 싶어. 그리고 숲속처럼 식구가 바글바글 많으면 좋겠어."

숲속은 늘 조용해도 정말 식구들이 많습니다.

"그래도 넌, 집도 있고 할머니도 계시잖아."

"할머니는 오일장 따라다니느라 며칠에 한 번씩 와서 빨래하고 반찬만 해 놓고 가."

"엄마는 어떻게 되신 거야?"

웅이는 대답 대신 지퍼가 달린 작은 지갑 속에서 여러 번 접은 그림 한 장을 꺼내 보여 줍니다. 연필로 그린 엄마 얼굴입니다.

"우리 엄마야."

"야~ 예쁘시다! 사진 보고 그렸어?"

"그냥… 얼굴 잊어버릴까 봐."

웅이는 궁금합니다. '엄마 사진은 왜 없는 걸까?'

"난, 두 달 동안 고아원에 살았었어. 아빠랑 떨어져 사는 건 정말 싫어."

"넌 아빠가 있어서 좋겠다."

"너도 커서 아빠가 될 거잖아?"

웅이 얼굴이 홍당무가 되자, 수정이가 귀여운 송곳니를 보이며 킥킥 웃었습니다.

다음 날. 오일장이 벌어진 읍내 장터는 아침부터 사람들로 북적북적합니다. 그런데 빈자리 찾기가 쉽지 않습니다. 웅이와 수정이는 하는 수없이 도토리묵 상자를 국밥 파는 식당 문 옆에 놓고 장사를 시작했습니다.

"4천 원에 팔아 볼까?"

점심때가 다 되도록 한 개도 팔지 못하자, 수정이는 속이 탑니다.

"슈퍼에서 파는 거보다 훨씬 크니까, 잘 팔릴 거야."

말은 그렇게 하지만 웅이도 속이 타기는 마찬가지입니다.

"신문지를 걷어 볼까?"

먼지가 들어 갈까 봐, 덮어 놓은 신문지를 웅이가 치워 봅니다.

"안 돼. 먼지 들어가!"

그때 갑자기 하늘이 어두워지더니, 굵은 빗방울이 후드득 떨어졌습니다. 순간 장터는 아수라장이 됐습니다. 장사하는 사람들은 물건을 덮느라 난리고, 물건 사던 사람들은 머리를 두 손으로 가리고 타작마당에 콩 튀듯이 사방으로 뛰었습니다.

"휴~ 어떡하지, 한 개도 못 팔았는데…."

식당 처마 밑에서 줄기차게 쏟아지는 소나기를 바라보며 수정이가 한숨을 쉽니다. 웅이는 묵 상자를 양손으로 받쳐 들고 마음속으로 간절히 빌어 봅니다.

‘하나님, 묵 좀 팔아 주세요.’

소나기가 오는 바람에 식당 안은 사람들로 바글거립니다. 웅이가 갑자기 묵 상자를 들고 식당 안으로 불쑥 들어갔습니다.

“어서 오세요.”

계산대에서 아줌마가 반갑게 인사합니다. 식당은 단체손님들로 북적댔습니다.

“아줌마, 집에서 만들어 온 묵인데요. 손님들한테 팔게 허락해 주세요.”

묵을 팔겠다는 말에 아줌마는 당혹스러운 표정을 지으며 손사래를 쳤습니다.

“지금은 바쁘고 복잡해서 안 돼!”

뒤따라 들어온 수정이가 웅이 옷소매를 잡아끕니다.

“비가 와서 그래요. 금방 팔고 나갈게요. 허락해 주세요. 네?”

“아~ 안 된다는데!”

아줌마 목소리가 커지자, 사람들이 쳐다봅니다.

“나가자. 방해되잖아.”

얼굴이 빨개진 수정이가 다시 잡아끌자, 웅이도 더 이상 고집을 피울 수 없어 돌아섰습니다.

“얘들아!”

뒤에서 누가 부릅니다.

“어디 좀 보자.”

식사를 하시던 한 아주머니가 다가왔습니다.

"너희가 만든 거니?"

"아니요. 할머니가 만들어 주셨어요."

"그래, 얼마씩 파는 거니?"

웅이는 순간 갈등이 생깁니다. 5천 원은 아무래도 비싼 거 같습니다.

"5천 원인데요… 4천 원만 주세요."

웅이가 수정이를 보며 말하자, 수정이가 고개를 끄덕입니다. 씩씩하게 생긴 아주머니는 묵을 조금 떼어 입에 넣고 오물오물 맛을 봅니다.

"음~ 밀가루가 하나도 안 섞여 아주 맛있네. 몇 개 남았니?"

"다, 사시게요?"

"왜, 안 되니?"

웅이와 수정이 입이 함박만 하게 벌어졌습니다. 아주머니는 묵 한 개를 들더니, 식사하고 있는 일행들에게 큰소리로 말했습니다.

"여기 진짜 도토리묵이 왔어요! 한 모에 단 돈 오천 원! 몇 개 안 남아서 한 개씩만 팝니다."

사람들은 너도나도 아주머니 앞으로 모여들었습니다. 수정이는 돈을 받고, 웅이는 비닐봉투에 묵을 담아 주느라 정신없습니다.

빈 묵 상자를 들고 식당을 나서니, 어느새 비가 그쳤습니다.

"웅이야, 우리 떡볶이 먹으러 갈까?"

비가 그쳐서인지, 떡볶이 집에는 손님이 하나도 없습니다.

"아줌마, 떡볶이 이천 원어치하고 어묵 천 원어치 주세요."

둘이 맛있게 먹고 있는데, 가게 문이 벌컥 열리며 누가 들어왔습니다.

"이모! 라면 두 개하고 김밥 두 줄 빨리 줘."

선글라스였습니다. 선글라스는 출입문 옆 테이블에 앉더니 밖을 내다보며 담배를 꺼내 물었습니다. 가게 안쪽에 앉아 있던 친구들은 꼼짝없이 갇힌 꼴이 되고 말았습니다. 매캐한 담배연기가 코를 찌르자, 다리가 달달 떨려 왔습니다.

"어떡하지?"

수정이가 새파랗게 질린 얼굴로 속삭였습니다.

"이모, 김밥부터 빨리 줘."

선글라스가 군침을 삼키며 말했습니다. 그때, 야구 모자가 들어와 앉았습니다.

"행님! 라면 아직 안 나왔소?"

"아저씨, 빨리 드릴 테니, 담배 불이나 좀 꺼요. 애들도 있는데….."

주인 아줌마 말에 선글라스가 가게 안쪽을 힐끔 보고는 문 밖으로 담배꽁초를 팅 버립니다.

김밥이 나오자, 둘이 정신없이 '아구, 아구' 먹어 댑니다. 그 순간 수정이가 벌떡 일어나 가게 밖으로 뛰쳐나갔습니다.

"어? 저… 저거 빨리 잡아!"

선글라스가 수정이를 알아보고 외쳤습니다.

"음매, 이것이 웬 떡이여~"

야구 모자가 쫓아가려는데, 웅이가 다리를 잡고 늘어집니다.

"뭐시여?"

야구 모자가 떼어내려고 웅이 머리를 밀어내자, 웅이는 이를 악물고 야구 모자의 한쪽 다리를 두 팔로 끌어안고 버팁니다.

"아따, 이것이 찰거머리여!"

야구 모자의 커다란 주먹이 웅이 머리에 쾅쾅 망치질을 해대자, 웅이는 맥없이 바닥에 쓰러졌습니다. 야구 모자는 서둘러 수정이를 쫓아갔습니다.

떠드는 소리에 웅이는 정신이 들었습니다.

"경찰 부르기 전에 우리 가게에서 나가요!"

앙칼진 아줌마 목소리가 들렸습니다.

"아따, 가출한 조카 잡아가려는데 협조 좀 하쇼. 엉!"

"그럼, 경찰이 와도 상관없겠네."

주인 아줌마가 휴대폰을 꺼내 들자, 선글라스가 다급히 아줌마 손을 잡습니다.

"이모, 라면 값이나 받아."

선글라스는 만 원짜리 두 장을 꺼내 아줌마 손에 쥐어 주며 한쪽 눈을 찡긋합니다.

"됐어요! 돈 안 받을 테니까, 썩 나가요!"

아줌마는 바닥에 쓰러진 웅이를 안아 일으켰습니다.

"이모, 이 바닥에서 곱게 장사하고 싶으면 끼어들지 않는 게 좋아!"

"이 아저씨, 아무래도 안 되겠네!"

아줌마가 다시 휴대폰을 꺼내 들더니, 전화를 걸었습니다.

"여보세요. 거기 경찰서죠?"

다급한 표정이 된 선글라스가 테이블을 확 밀치며 나가 버렸습니다.

얼마 후, 수정이 전화를 받은 목사님이 웅이를 데리러 왔고, 밤늦도록 병원에 있다가 목사님 차를 타고 집으로 돌아왔습니다.

며칠 후, 웅이가 할머니와 저녁을 먹는데 수정이가 부릅니다.

"애벌레가 나왔어!"

동업자들은 학교로 달렸습니다. 춥지 말라고 톱밥 속에 묻어 둔 어항 속에서는 성냥개비처럼 가늘고 하얀 애벌레들이 벌벌 기어 다니고 있었습니다.

"어떡하지? 뭘 해 줘야 하지?"

수정이가 정신없이 물어 대지만, 웅이는 당장 어떻게 해야 할지 모릅니다.

"수정아, 오늘은 늦었으니까, 내일 와서 하자."

집에서는 할머니가 보따리를 묶고 있었습니다. 할머니는 양말이랑, 때수건 같은 걸 팔러 다닙니다.

"할머니, 지금 가?"

할머니가 보따리를 묶던 손을 멈추고 웅이 손을 잡았습니다.

"어이구~ 내 강아지, 고새 어딜 갔다 오누. 내일 큰 장이 벌어지는 날이라, 오늘 밤에 가서 자리를 잡아야 해요. 컵라면만 먹지 말고 밥 먹어, 김 구워 놨어."

"깜깜한데, 자고 가면 안 돼?"

할머니는 어린 손자의 양 볼을 두 손으로 감싸 쥐었습니다.

"이렇게 쑥쑥 자라는데, 할미가 더 늙기 전에 부지런히 벌어 놔야지. 조금만 참자, 작은 가게라도 하나 마련하면 떠돌아다니지 않아도 되니까."

할머니는 혼잣말처럼 말하며 보따리를 다시 묶었습니다.

"빵! 빵!"

밖에서 할머니를 태우고 다니는 승합차가 어서 나오라고 재촉합니다. 할머니와 같이 오일장을 다니는 박씨 아저씨 부부입니다.

할머니가 떠나고 웅이는 혼자 덩그러니 남았습니다. 이불속에 누웠지만 애벌레들 생각으로 머릿속이 와글거려 잠이 오지 않습니다. 시계가 땡! 새벽 1시를 알립니다. 웅이는 벌떡 일어나 옷을 입었습니다.

깜깜한 운동장에 작은 발자국 소리가 자박자박 울립니다. 웅이는 뚜껑 문을 통해 교무실로 올라가 선생님 컴퓨터를 켜고 검색을 시작합니다. 다 큰 사슴벌레는 키워 봤지만 알에서부터 키워 본 적은 없습니다. 잘못해서 애벌레들이 죽기라도 한다면 웅이 행복도, 수정이 꿈도, 한 방에 훅 사라질지 모릅니다. 어떻게 찾아온 행복인데, 그건 절대 일어나서는 안 될 일입니다.

다음 날, 마루 밑 사슴벌레 농장.

"애들 방을 하나씩 만들어 줘야 돼."

애벌레들을 들여다보던 수정이가 갸우뚱 쳐다봅니다.

“방?”

웅이가 음료수 페트병을 꺼내 흔들어 보입니다.

“거기다 집어넣게?”

웅이는 손으로 페트병을 싹둑 자르는 시늉을 해 보입니다. 아이디어는 그럴 듯했지만, 페트병을 칼로 자르는 일은 쉽지 않았습니다. 첫째 도구가 시원치 않습니다. 가위가 없어 부러진 식칼로 자르려니 찌그러지고 자꾸 튕겨 나가서 너무 힘듭니다. 수정이가 잡고 웅이가 결사적으로 매달려 겨우 한 개를 잘랐습니다.

“에~ 이 이게 뭐야?”

수정이가 실망할 만합니다. 페트병은 찌그러지고 들쑥날쑥 잘려 처참한 몰골입니다. 폼은 있는 대로 잡았는데…. ‘우~씨!’ 그때 연못에 떠오르는 물방울처럼 봉긋 솟아나는 기억이 있습니다.

“잠깐 기다려.”

웅이는 마루 밑을 빠져나와 교회 뒤 창고로 달려갔습니다. 어둑한 창고 안을 찬찬히 살피자, 아! 있습니다. 한쪽 구석에 얌전히 놓여 있습니다. 바로 노루궁뎅이버섯이 담겨 있던 플라스틱 병들입니다. 쓰레기가 보물이 되는 순간입니다. 세상에 쓸모없는 것은 하나도 없는 법입니다.

“좋다. 정말 좋다!”

빈 병을 끌어안고 좋아하는 수정이를 보자, 웅이 마음은 혀로 건전지 끝을 핥았을 때처럼 찌르르 합니다.

“방을 만들까?”

웅이 손이 바쁘게 돌아갑니다. 톱밥을 병속에 가득 채우고 손으로 살짝 다진 후, 애벌레를 한 마리씩 넣자, 애벌레들은 꼼틀꼼틀 톱밥 속으로 들어갑니다.

"나도 할래."

수정이도 애벌레 방을 만들어 봅니다.

"얘들은 어떡하지?"

방을 만들어 주지 못한 애벌레가 아직 많이 남아 있습니다.

"명이 아빠한테 빈 병을 더 달라고 할까?"

"돈 주고 사는 건데, 자꾸 공짜로 달라고 하면 어떡해!"

수정이가 까다롭게 구는 바람에 다른 방법을 찾아야 할 것 같습니다.

"애벌레들은 드라큘라처럼 햇빛을 보면 안 돼."

"진짜?"

"사슴벌레가 됐을 때, 눈이 멀어."

"정말? 그럼 어떡하지?"

"담요 같은 걸 덮어 줘야지."

"휴~ 다행이다. 춥진 않을까?"

"온도를 재 보면 좋을 텐데, 온도계가 없잖아."

"명이네는 버섯을 키우니까, 있을지도 몰라."

수정이는 벌써 밖으로 기어 나가고 있습니다.

"무슨 일이 생겼니?"

숨을 헐떡이며 찾아온 웅이와 수정이를 보고 명이 아빠 눈이 휘둥그레집니다.

"아니요. 온도계 한 번만 빌려주시면 안돼요?"

"온도계? 아하! 방 온도를 재려고 그러는구나."

"방이 아니고 마루 밑…."

수정이가 웅이 옆구리를 쿡 찌르며 재빨리 대답합니다.

"20도에서 25도가 돼야 한대요."

"너희들 사슴벌레 박사가 다 됐구나."

명이 아빠가 버섯 창고 기둥에 걸려 있는 온도계 하나를 빼 주며 말했습니다.

"방 안 온도는 보통 20도가 넘으니까, 별 문제는 없을 거야. 이 온도계는 미래의 사장님들에게 투자하지."

"병도 투자해 주세요."

말릴 사이도 없이 웅이가 사고를 치고 맙니다.

"병?"

"버섯 담았던 빈 병이요."

웅이가 뻔뻔하게 말하자, 수정이가 귀엽게 눈을 흘깁니다.

"그건 옆 창고에 많이 있어, 필요한 만큼 가져가. 이러다 내가 거덜나는 건 아니겠지? 하하하!"

"고맙습니다. 그런데요, 발효 톱밥이 뭐예요?"

수정이가 궁금했던 것을 물어봅니다.

"그건 비빔밥처럼 톱밥에 좋은 영양분을 섞어 발효시킨 거야. 영양 만점이지."

병이 든 포대와 톱밥이 담긴 포대를 하나씩 메고 돌아오는데, 축지법을 쓰는 것처럼 땅이 휙휙 당겨지는 것 같습니다. 둘의 마음이 마루 밑에 가 있기 때문입니다.

포대를 끌고 마루 밑에 들어간 수정이가 비명을 질러 댑니다.
"아~ 악 안 돼!"
통은 모두 깨어지고 애벌레들은 죽어 땅바닥 여기저기에 흩어져 있습니다.
"어떡해, 어떡해…."
수정이는 바닥에 죽어 있는 애벌레들을 주우며 눈물을 뚝뚝 흘립니다. 웅이는 정신을 바짝 차리고 땅바닥에 어지럽게 찍혀 있는 발자국들을 살펴봅니다.
"이건 사람 발자국이 아닌데…?"
발자국을 자세히 살피던 웅이가 외쳤습니다.
"장군이다!"
그 소리에 수정이가 울부짖었습니다.
"가만 안 둘 거야!"
하지만 당장 가서 따질 수는 없습니다. 그건 마루 밑의 비밀을 동네방네 떠벌이는 꼴이 됩니다.
애벌레들을 참나무 숲에 묻어 주고 터덜터덜 돌아오는데 산비둘기가 수정이 마음처럼 '구욱~ 구욱~' 울어 댔습니다.

읍내 장터에 선글라스와 야구 모자가 어슬렁거리고 있습니다.

"그 꼬마를 어디서 봤더라…."

"행님, 본 거는 맞는디…. 어느 동넨지 알쏭달쏭 미쳐 부러요."

"학교를 싸그리 뒤져 볼까?"

"행님, 밥부터 먹고 합시다. 아따! 배가 등짝에 붙어 불것소."

"얌마, 짜장 곱빼기 먹은 지 얼마나 됐다고 밥 타령이야!"

"아따, 행님이야, 몸통이 쪼깬하니께, 쪼깨 먹어도 견디지라."

"쪼그만 계집애 하나도 못 쫓아가는 덩치, 퍽도 자랑이다!"

"행님, 일단 김밥이라도 한 줄 해야 다리가 떨어지겠소."

"안 돼! 읍내 학교부터 뒤지고 나서 먹어."

"아따, 밥 한술 얻어먹기 서럽소. 잉~"

선글라스가 징징대는 야구 모자를 윽박질러 차에 태우고 속도를 높여 읍내 초등학교 쪽으로 달려갔습니다.

토요일 아침. 수정이는 방 안에서 꼼짝도 하지 않고 불러도 대답이 없습니다. 벌써 며칠째 말도 잘 안 합니다. 심드렁해진 웅이는 집으로 돌아와 엄마 얼굴을 그렸습니다. 그때 밖에서 굉장히 시끄러운 소리가 나기 시작했습니다. '윙~ 윙' 전기톱 소리입니다. 집 뒤에 있는 과수원에서 겨울에 땔 나무를 작업하나 봅니다. 웅이는 밖으로 나와 과수원으로 갔습니다. 과수원집 할아버지와 아들이 죽은 참나무를 전기톱으로 토막 내서 도끼로 '빠샤, 빠샤' 쪼개고 있습니다.

"혹시?"

웅이는 쌓아 놓은 장작더미를 찬찬히 살펴보았습니다.

"아, 있다!"

쪼개진 참나무 속에 애벌레가 파먹은 손가락만한 구멍이 있고, 그 속에 하얀 애벌레가 들어 있습니다. 수정이가 키우던 애벌레같이 생긴 녀석인데 덩치가 훨씬 컸습니다. 손가락으로 애벌레를 집어 올리자 녀석이 짜증을 내며 꿈틀거립니다. 애벌레가 그렇게 사랑스러운 건 처음입니다. 웅이는 애벌레를 호주머니에 넣고 달렸습니다.

"수정아, 이거 봐!"

웅이 손바닥에 놓인 애벌레를 보자, 수정이 눈이 휘둥그레졌습니다.

"수정아, 빈 깡통을 찾아 봐."

장작불에 통구이가 될 뻔했던 애벌레들이 하나둘, 깡통 속으로 구조되었습니다.

"애들아, 여기도 한 마리 있다."

과수원집 할아버지가 웃으시며 애벌레 한 마리를 건네주었습니다.

"어, 애는 다르게 생겼네?"

"똥꼬가 완전 다른데?"

"아! 이거 장수풍뎅이 애벌레다."

"장수풍뎅이?"

"맞아, 장수풍뎅이야."

환하게 웃는 수정이 모습을 보자, 웅이 마음에 쨍~ 하고 해가 뜹니다.

깡통을 들고 신나게 마루 밑으로 가는데, 완수가 불쑥 나타났습니다.

"어디 가?"

"무슨 상관인데!"

수정이 눈빛이 장난 아닙니다. 여차하면 돌려차기가 들어갈 폼입니다.

"아… 알았어."

완수가 주눅이 들어 비켜섰지만, 수정이 눈에서는 여전히 레이저가 뿜어져 나옵니다. 웅이가 얼른 수정이 손을 잡아끌었습니다.

"가자!"

그 모습을 본 완수 얼굴이 붉으락푸르락하며 소리칩니다.

"찌질이, 오줌싸개가 뭐가 좋다고!"

웅이가 걸음을 멈추고 돌아섰습니다.

"약한 애들이나 괴롭히는 니가 찌질이 맞거든!"

웅이의 당당한 대꾸에 완수가 멍한 표정이 되더니, 한마디 쏘아붙이고 쏜살같이 달아납니다.

"니네 엄마, 너 버리고 미국으로 시집갔대!"

웅이가 멍하니 바라본 하늘에는 얄밉도록 멋진 양떼구름이 가득 피어 있었습니다.

"웅이야, 웅이야!"

할머니는 간신히 대문을 잡고 서서 웅이를 부릅니다. 할머니는 몸이 너무 아파서 일찍 집으로 돌아왔습니다. 장터 약방에서 몸살 약을 사

먹고 왔지만, 왠지 몸이 예사롭지 않습니다.

"이 녀석이 대체 어딜 밤낮 쏘다니는 게야."

할머니가 웅이 방문을 열자, 방바닥에 책가방만 덩그러니 놓여 있습니다.

"녀석이 대체 뭘 하고 다니는지…."

할머니가 책가방을 주워 책상에 올려놓았습니다.

"아니, 이건…."

할머니는 가슴이 덜컥 내려앉았습니다. 책상 위에 놓여 있는 그림 때문입니다.

"이 녀석이 어떻게 엄마 얼굴을 알고 그렸을까?"

할머니는 손이 덜덜 떨립니다. 그림은 딸의 얼굴과 너무 닮았습니다.

"오! 용서하세요."

할머니는 그림을 움켜쥔 채, 방바닥에 쓰러졌습니다.

"내가 생각해 본 건데."

마루 밑에 들어온 웅이가 말했습니다.

"애들은 통나무 속에서 살았잖아. 그러니까 통나무처럼 방을 만들어 주면 어떨까?"

"넌 역시 사슴벌레 전문가야!"

곧바로 공사가 벌어졌습니다. 자루 없는 호미로 통나무만한 구덩이를 파는데 땀이 뻘뻘 났습니다. 웅이는 그 속에 발효톱밥을 넣고 꼭꼭 다졌습니다. 애벌레들은 드문드문 작은 구멍을 파 그 속에 넣고 톱밥으로 따듯하게 덮어 주었습니다.

"또 습격하면 어떡하지?"

수정이가 눈썹을 곤두세우며 말했습니다.

"두 번 당할 수는 없지."

웅이 말에 수정이 눈이 반짝입니다.

"교회에 찐득이 있지?"

웅이가 매트리스를 끌어다 애벌레 방위에 덮으며 말했습니다.

"쥐 잡는 찐득이?"

"그걸로 부비트랩을 만드는 거야."

"부비… 트랩?"

"함정! 여기 들어오는 순간, 박살이 나는 거지."

"그런 것도 책에 있어?"

"원래 사냥하던 방법인데, 군인들이 매복할 때도 사용해."

동업자들은 찐득이 부비트랩과 고춧가루 폭탄을 설치하느라, 시간 가는 줄 모릅니다.

"와! 완성이다."

동업자들은 매트리스에 벌렁 누웠습니다. 밖은 이미 깜깜해졌고, 누구 배에선가 배꼽시계가 꼬르륵 울어댑니다.

"배고프지?"

웅이가 배를 쓰다듬으며 말하자, 수정이가 벌떡 일어나며 말했습니다.

"저녁은 여기서 먹자, 목사님은 병원에서 주무시고 오신댔어."

웅이가 컵라면에 물 받으러 교무실로 올라간 사이, 수정이는 젓가락을 식탁 위에 가지런히 놓았습니다.

'후루룩, 짭짭' 맛있게 먹고 있는데 운동장 쪽에서 저벅저벅 발자국 소리가 들려왔습니다.

5
구출작전

"어? 누가 온다."

웅이가 얼른 손전등을 껐습니다. 발자국 소리가 점점 다가옵니다. 한 사람이 아닙니다. 잠시 후, 복도에서 뚜벅거리던 발소리가 '드르륵' 문 여는 소리를 따라 들어오더니, 친구들 머리 위에서 멈췄습니다.

'교무실.' 웅이가 손가락으로 위를 가리키며 소리 없이 입 모양으로 말했습니다. 불빛이 마루 위에서 움직일 때마다 마루 틈새로 빛줄기가 오락가락합니다. 웅이가 뚜껑 문을 빠끔히 열고 보니, 시커먼 사람들이 선생님 책상에서 손전등을 비추며 뭔가 찾고 있습니다.

"딸내미 이름이 뭐지?"

"고것이 수정이 아닙니까, 행님."

"알아, 임마! 성씨가 뭐냐고?"

"아따~ 행님도, 김 사장 성씨가 김 씬 게, 김수정이지라."

"기억하고 있나, 테스트해 본 거야. 짜식아!"

"행님, 둘러치기야, 금메달도 서럽지라!"

수정이가 웅이 팔을 어찌나 꽉 잡는지 팔이 아파 소리를 지를 뻔했습니다.

"아! 여기 있다. 여울리 산4번지 여울교회, 교회에 살고 있어서 못 찾았구만."

"행님, 그물치고 애비가 걸려드는 것만 기다리면 되것소. 잉!"

"야, 빨리 나가자."

"행님, 그래도 여까지 들어 왔는디, 선상님들 서랍, 쪼깨 봐 줘야 안 쓰것소?"

“저번처럼 어물대다 또 놓치면, 니가 책임질래!”

친구들은 선글라스 패들이 사라지고 나서도 한참 동안 마루 밑에 있어야 했습니다.

“아빠, 휴대폰 있지?”

“없어, 아빠가 전화해야 만나. 오늘 토요일 맞지?”

“응, 토요일.”

“오늘 아빠가 전화할 거야, 집에 가서 전화 받아야 돼.”

“교회로 바로 가는 건 위험해, 그 사람들이 어디 숨었는지 알고 가야지.”

수정이가 나가려다 다시 주저앉았습니다.

“아빠 계신 데는 알아?”

“일하던 아파트 공사장 숙소에 계실 거야.”

“내가 갔다 올게.”

“넌, 우리 아빠 얼굴 모르잖아?”

“넌, 아빠 전화 기다려야지.”

웅이는 속이 탑니다. 이럴 땐 고집 부리는 수정이가 원망스럽습니다.

“빨리 뛰어가면 한 시간 안에 갈 수 있어.”

“나중에 깡패들이 찾아와서 너한테 보복할지도 몰라.”

생각해 주는 건 고맙지만 지금은 나중을 생각할 때가 아닙니다.

“이러는 동안, 아빠가 오시면 어떡해?”

수정이가 주머니를 뒤져 동전을 웅이 손에 쥐어 줍니다.

“이거 갖고 가.”

“나도 돈 있어.”

“전화하려면 동전이 필요하잖아.”

웅이는 동전과 함께 맥가이버 장군도 바지 주머니에 넣었습니다.

“그 사람들 교회 근처에 숨었을지 모르니까, 조심해.”

웅이는 수정이에게 신신당부를 하고 재빨리 마루 밑을 빠져나와 학교 울타리를 넘었습니다. 수정이를 혼자 두고 가는 것이 불안하지만 이럴 때는 과감해야 합니다.

아무리 전화해도 받지 않습니다. ‘무슨 일이 생겼나?’ 초저녁부터 밤늦도록 벌써 스무 번도 넘게 전화했지만, 여전히 아무도 받지 않습니다. 그 바람에 수정 아빠는 버스터미널 공중전화박스에서 몇 시간째 꼼짝 못하고 있습니다. 마음이 불안해진 수정 아빠가 전화박스를 나서는데, 초겨울 추위에 몸이 부르르 떨립니다.

웅이가 학교 옆 포도밭 울타리를 따라 살금살금 걸으며 사방을 살핍니다. 곧장 읍내로 가지 않고 뭔가를 찾고 있습니다.

‘어디 숨어 있지?’

그때 학교 담 쪽에서 빨간 불이 움직입니다. 담뱃불입니다. 웅이는 포도밭 뒤로 돌아 폐품수집소 쪽으로 갔습니다. 과연 학교 담과 폐품수집소 사이 골목에 승합차가 고양이처럼 숨어 있습니다.

‘어떡하지?’

 퐁틱탁톡

웅이는 탱자나무 울타리 그림자에 숨어 궁리합니다. 매캐한 담배 연기가 콧속으로 들어오자, 기침이 날 것 같아 손가락으로 목을 움켜잡고 용을 쓰며 참았습니다.

잠시 후, 깜깜한 밤하늘에 담뱃불이 피~ 융 포물선을 그리며 날아갑니다.

"야! 맥주나 좀 사 와라."

"맥주 드시게요, 행님."

"차 안에만 있었더니, 목이 칼칼하네."

"행님, 한밤중이라, 가게가 닫혔을 텐디요."

"내가 깨우랴?"

차문이 열리고 야구 모자가 툴툴대며 밖으로 나왔습니다.

잠시 후, 문 두드리는 소리가 나더니, 장군이가 우렁차게 짖어 대기 시작합니다.

"누구요?"

"맥주 쪼깨 주시요!"

"아침에 와요!"

"아따, 문 좀 열어 보시요. 아줌씨!"

"아! 옷 벗고 누웠다니까, 왜 못 알아들어!"

완수 엄마가 소리를 지르자, 야구모자도 같이 언성을 높입니다. 싸우는 소리에 장군이가 날뛰며 짖어 댑니다.

"왕왕! 왕왕!"

차문이 벌컥 열리더니, 선글라스가 화를 내며 나옵니다.

"멍청한 놈! 맥주 사 오라니까, 온 동네를 다 깨우고 쌩난리야!"

선글라스가 슈퍼 쪽으로 걸어가자, 탱자나무 울타리에서 작은 그림자가 나와 승합차 쪽으로 살며시 다가갑니다. 웅이 손엔 맥가이버 장군이 꼭 쥐어져 있습니다.

"얌마! 조용히 안 해!"

잠시 후, 완수네 가게 앞은 다시 조용해졌습니다.

수정 아빠가 깜깜한 신작로를 걷고 있는데 멀리서 개 짖는 소리가 들려왔습니다. 가만히 들어보니 소리가 마을 쪽에서 나는 것 같습니다.

'마을에 무슨 일이 생겼나?'

다친 발이 많이 좋아졌지만 아직 지팡이를 짚고 다녀야 합니다. 수정 아빠는 서둘러 다시 걷기 시작합니다. 그때 앞쪽에서 누가 달려왔습니다. 수정 아빠는 길옆 억새밭으로 몸을 날렸습니다. 억새가 얼굴을 콕 찌릅니다.

'아~ 여기서 잡히나?'

가슴이 쿵쿵 뛰고 머릿속이 하얗게 질려 갑니다. 그런데 마주 달려오던 사람이 그냥 지나갑니다.

'어, 아닌가?'

어두운 밤길에 수정이 또래 사내아이가 급히 뛰어갑니다.

'마을에 무슨 일이 생긴 게 분명해.'

수정 아빠는 절뚝거리며 서둘러 마을 쪽으로 걷기 시작했습니다.

교회 언덕에는 아무도 없었습니다. 집안에 들어온 수정이는 불도 켜지 못하고 더듬더듬 마루에 커튼을 치고, 신발장에서 야구방망이를 찾아 전화기 옆에 놓았습니다.

'웅이가 아빠를 찾을 수 있을까? 아빠가 전화해 주면 좋을 텐데….'

아무래도 읍내에서 아빠를 찾는 건 어려울 것 같습니다. 하지만 지금 할 수 있는 일은 전화를 기다리는 것뿐입니다.

시외버스터미널 시계가 새벽 1시를 가리키고 있고, 텅 빈 거리에 고양이 한 마리가 여유를 부리며 천천히 길을 건너가고 있습니다.

"아파트 공사장이라고 했는데…."

웅이가 두리번거리며 공사장을 찾는데, '청도아파트 분양안내'라고 쓰인 커다란 광고판이 보입니다. 광고판 밑에는 현장약도가 그려져 있었습니다.

"찾았다!"

아파트 현장 입구. 경비초소 안에서 경비 아저씨가 눈을 비비며 일어났습니다.

"누구를 찾아왔다고?"

"일하다, 다리 다친 김 씨 아저씨요."

"다리를 다쳤으면… 그 사람인가?"

"아세요?"

"아, 알지! 근데 지금은 일을 안 하는데."

“잠은 여기 숙소에서 주무신다고 그랬거든요.”

“네가 김 씨 아들이냐?”

“지금 숙소에 계세요? 급한 일이에요.”

“아까 나가는 거 같던데….”

“나갔어요?”

“에이그~ 밥이나 먹고 다니는지 몰라?”

수정이는 전화 벨소리에 깜짝 놀랐습니다.

“아빠?”

“나야, 수정아.”

“아빠 못 만났어?”

“아까 저녁에 나가셨대. 혹시 너한테 가신 거 아냐?”

“오면 안 되는데….”

수정이 손바닥이 촉촉하게 젖어 왔습니다.

“아빠가 벌써 잡힌 건 아니겠지?”

“아냐! 내가 차에 가 봤어.”

“차에 가 봤어?”

“그 사람들 폐품수집소 골목에 숨어 있으니까 조심해.”

수정이는 앉았다, 일어났다 어쩔 줄을 모릅니다.

‘차 있는 데로 가 볼까?’

하지만 그 사이에 아빠가 전화할지도 모릅니다. 수정이는 책가방과 옷 가방까지 챙겨 전화기 옆에 놓았습니다. 아빠가 오면 곧바로 떠나야 합니다. 목사님과 할머니를 뵙지도 못하고 도망갈 생각에 눈물이 납니다.

'땡! 땡!' 새벽 2시를 알리는 괘종시계 소리에 수정이는 놀라 벌떡 일어났습니다.

'아빠가 이 시간에 전화할 리가 없어!'

수정이는 장갑을 끼고 야구방망이를 들었습니다.

수정 아빠는 삐뚤고개를 넘어 학교 교문 앞까지 오자, 잠시 멈춰 조심스럽게 사방을 살핍니다. 그때 어둠 속에서 인기척이 났습니다.

"어이구~ 김 사장, 반갑소!"

선글라스와 야구 모자가 어둠속에서 나타났습니다.

"누… 누구요?"

"얼굴을 그새 잊어부렸소?"

야구모자가 쌍절곤을 돌리며 다가왔습니다.

"당신들 왜 이래? 경찰 부를 거야!"

"전혀 사태 파악이 안 되시는구만?"

수정 아빠가 야구 모자에게 지팡이를 던지고 절뚝이며 달아났습니다.

"야, 잡어!"

갑자기 소란스러워지자, 장군이가 짖어 대기 시작합니다.

수정이가 현관을 나서는데 개 짖는 소리가 들렸습니다.

'아빠다!'

야구방망이를 들고 슈퍼 모퉁이를 돌아 큰길로 나오는데, 저 앞에 자동차 헤드라이트 불빛이 학교 골목을 빠져나옵니다.

'아~ 가면 안 돼!'

그때 차가 교문 앞에서 '끼~ 익' 하고 섭니다.

"윔마? 요상하네?"

"왜 그래?"

“차가 쩔뚝거려요, 행님.”

“빨랑, 내려서 보고 와!”

야구 모자가 차에서 내려 타이어를 살펴봅니다.

수정이는 탱자나무 울타리에 몸을 숨기고 조금씩 차 있는 쪽으로 다가갔습니다.

“야, 괜찮아?”

“어떤 잡것이, 타이아를 뭣으로 긋어 버렸어요. 행님!”

“뭐야!”

선글라스가 내려 보니, 오른쪽 뒤 타이어가 칼에 베인 것처럼 찢어져 납작하게 주저앉았습니다.

“시간 없어. 빨리 갈아 끼워.”

“예, 행님! 잡것을 잡으면 아주 박살을 낼랑게….”

야구 모자가 차 시동을 끄고 스페어타이어와 공구를 꺼내는 동안, 선글라스는 뒷좌석에 정신을 잃고 축 늘어진 수정 아빠의 입과 손발을 청테이프로 꽁꽁 묶었습니다.

“행님! 여기 쪼깨, 불 좀 비춰 주시요!”

“알았어.”

선글라스가 차 뒤쪽에서 야구 모자를 거드는 사이, 수정이는 열려 있는 운전석으로 살며시 다가가 자동차 열쇠를 잡았습니다.

‘어? 이상하다?’

차 열쇠가 안 뽑힙니다. 다급해진 수정이가 열쇠를 힘껏 당겨 보지만 꼼짝도 안합니다.

“거기, 뭐야?”

선글라스가 손전등을 비추며 다가왔습니다. 순간, 아빠 자동차에서 열쇠를 빼던 기억이 뽕 떠올랐습니다. 열쇠를 누르면서 돌렸더니, 쏙 뽑힙니다. 수정이는 야구방망이를 선글라스에게 던지고 냅다 달렸습니다.

“거기 서! 야! 거기 안 서!”

하지만 선글라스 때문에 앞이 잘 안 보입니다.

“에이 썅! 뭐가 이렇게 깜깜해!”

학교 운동장에 손전등 불빛이 어지럽게 춤을 추며 수정이를 따라다닙니다. 수정이는 운동장을 가로질러 학교 현관으로 뛰어들며 뒤를 돌아봤습니다.

“야! 거기 안 서!”

손전등 불빛이 수정이 얼굴을 겨냥해 눈이 부십니다. 수정이는 복도를 달렸습니다. ‘다다다다’ 재빠른 발소리가 긴 복도에 울려 퍼졌습니다. 곧이어 선글라스가 복도를 달리자, ‘쿵쾅 쿵쾅’ 허둥대는 소리가 났습니다.

‘다다다다! 쿵쾅쿵쾅! 다다다다! 쿵쾅쿵쾅!’

“쪼끄만 게, 더럽게 빠르네.”

수정이는 교무실로 들어가 안에서 문을 걸어 잠갔습니다.

‘어떡하지? 아! 뚜껑 문.’

수정이는 뚜껑 문을 열고 냉큼 뛰어내렸습니다.

“악!”

급히 뛰어 내리다가 발목이 꺾이고 말았습니다.

“독 안에 들어가시겠다고? 헉! 헉!”

수정이가 교무실로 들어가는 것을 본 선글라스가 문 앞에서 숨을 고르는 사이 야구 모자가 헐떡이며 뒤따라 왔습니다.

“행님! 고것이 요기로 들어갔습니까요? 헥! 헥!”

“어럽쇼, 잠겼네?”

선글라스가 문손잡이가 있는 곳을 발로 힘껏 차자, 문은 맥없이 열렸습니다. 문을 걷어차는 소리에 놀란 수정이가 무릎으로 기어 보지만 다시 주저앉고 맙니다.

웅이는 삐뚤고개 위에서 학교 운동장을 어지럽게 달리는 불빛을 보았습니다.

‘수정이다!’

웅이는 엎어질듯이 내리달렸습니다. 학교 교문을 지나… 계속 삼거리 쪽으로 죽을힘을 다해 달렸습니다.

완수가 목이 말라 잠에서 깨었을 때, 장군이가 짖었습니다.

‘누가 왔나?’

가게로 나와 불을 켰지만, 아무도 없습니다. 그때 밖에서 고함치는 소리가 들려왔습니다. 완수가 문을 열고 밖을 내다보니, 학교 앞에 자동차가 서 있습니다.

‘누가 학교에 왔나?’

완수는 음료수 냉장고에서 캔 콜라를 꺼냈습니다. ‘꼴깍꼴깍’ 한 캔을 다 마시자, 정신이 듭니다. 그때 웅이가 가게 안으로 뛰어 들며 소리쳤습니다.

“수정이가 학교에서 깡패들한테 쫓기고 있어. 경찰에 신고해 줘.”

웅이는 다시 학교 쪽으로 달렸습니다.

“어라? 요것이 어디로 갔지?”

교무실에서 책상 사이를 돌며 선글라스가 중얼거렸습니다.

“행님, 여기로 갔는갑네요!”

덜 닫힌 뚜껑 문을 가리키며 야구 모자가 소리쳤습니다.

“들어가 봐!”

“지가요?”

“그럼, 내가 들어가요?”

야구모자가 무릎을 꿇고 손전등으로 마루 밑을 비추자, 몇 걸음 앞에 수정이가 쪼그리고 앉아 있는 게 보입니다.

“아가, 껌딱지 마냥 고대로 붙어 있어라. 잉! 아저씨가 싸게 갈랑게!”

야구모자가 마루 밑으로 풀쩍 뛰어내리는데, 뭔가에 쭉 미끄러지며 문틀에 힘껏 박치기를 하고 말았습니다.

“웜매~ 나 죽네!”

손전등을 주워 바닥을 비추자, 구슬들이 잔뜩 깔려 있습니다.

“요것을 잡으면 아주 박살 낼랑게!”

야구 모자가 손전등 불빛으로 기둥 옆에 쪼그리고 있는 수정이를 찾아냈습니다.

"아가, 거기서 뭣 허냐?"

야구모자가 히죽히죽 웃으며 무릎으로 기어서 다가옵니다.

"아얏! 쿵! 웜매~ 나 죽네!"

야구 모자는 비명을 지르며 머리를 천정에 힘껏 박았습니다. 손전등을 주워 손바닥을 비춰 보니, 압정 두 개가 손바닥에 깊숙이 박혀 있습니다.

"웜매~ 몽땅 지뢰밭이여!"

수정이는 야구 모자가 코앞까지 다가오지만 꼼짝도 안 합니다.

"아이고~ 이쁜 것!"

야구 모자가 손을 뻗어 수정이를 잡으려는데 얼굴에 실 같은 것이 걸립니다.

"뭐여, 이것이?"

야구모자는 허공을 더듬어 실 같은 것이 잡히자, 확 잡아 당겼습니다. 순간 '철썩' 얼굴에 뭔가 달라붙습니다.

"윽! 이것이 뭐여? 푸풉!"

'철썩 철썩' 사방에서 찐득이가 날아오고 천정에서 고춧가루가 투하됩니다.

"아이고~ 나 죽네, 행님~ 나 죽어 불어요!"

고춧가루가 눈에 들어간 야구모자는 비명을 지르며 때굴때굴 굴렀습니다.

“아이고~ 내 눈이야! 행님, 나 쫌 살려 주시오. 행님~”

“야! 뭐야? 왜 그래?”

마루 밑으로 기어 들어가 그 꼴을 본 선글라스는 기가 막혔습니다.

“가지가지한다. 조용히 해, 이 화상아!”

얼굴에서 찐득이를 떼어 주려 했지만, 손에 엉겨 붙으며 점점 더 엉망이 됐습니다.

“아이고~ 행님, 나 눈이 타 죽어요!”

“야! 안 되겠다. 가만있어 봐. 먼저 차 열쇠를 뺏어야 될 거 아니야!”

손전등 불빛에 수정이가 구멍 쪽으로 기어 나가는 게 보입니다.

“야! 거기 안 서!”

선글라스가 다급히 소리치며 무릎걸음으로 쫓아갑니다. 수정이가 죽을힘을 다해 기어 보지만 선글라스가 한발 빨랐습니다.

“잡았다!”

선글라스가 수정이 발목을 잡는 순간, 어둠속에서 뭔가 핑 날아와 이마를 강타합니다.

“악!”

연속해서 구슬들이 핑핑 날아옵니다.

“아얏! 뭐야? 이게 뭐야?”

선글라스가 얼굴을 감싸고 비명을 지르는 사이에 수정이는 아슬아슬하게 뱀 구멍을 빠져나왔습니다.

“쌍~ 돌아 버리겠네!”

선글라스는 분통을 터트리며 다시 야구 모자 쪽으로 기어갔습니다.

“야, 일단 나가자!”

선글라스는 한손에 손전등을 들고 엉금엉금 기어가고 야구모자는 선글라스의 엉덩이를 붙잡고 징징대며 기어갑니다. 웅이가 새총으로 선글라스가 들고 있는 손전등 불빛을 향해 쇠구슬을 발사했습니다.

“쨍그랑!”

손전등이 박살나며 암흑천지가 됐습니다.

“뭐얏! 누구얏?”

겁에 질려 소리를 질러대고 있는 선글라스 옆으로 정체를 알 수 없는 것이 스쳐 지나갑니다.

“야! 여기 뭐가 있어, 조심해!”

선글라스가 겁먹은 목소리로 소리치자, 야구모자가 와락 선글라스를 껴안았습니다.

“아이고~ 행님~ 눈도 안 보이는디~”

“저리 떨어져!”

선글라스가 야구 모자를 뿌리치고 허겁지겁 나오는데, 위에서 덜컹 뚜껑 문이 닫힙니다.

“안~ 돼!”

다급한 선글라스의 목소리를 들으며, 웅이는 재빨리 뚜껑 문 위에 엎드렸습니다.

“열어! 안 열어! 나가면 진짜 다 죽는다!”

선글라스가 밑에서 힘을 쓰자, 웅이 몸이 들썩들썩합니다.

“안~~ 돼!”

‘우당탕탕’ 웅이는 문짝과 함께 나뒹굴고 말았습니다. 선글라스가 벗겨진 얼굴, 헝클어진 머리칼 사이로 작은 눈이 잔인하게 반짝입니다. 다락에서 마주쳤던 쥐 눈 같습니다.

“너, 오늘 제대로 걸렸어.”

선글라스가 손으로 머리카락을 쓸어 넘기며 마루 위로 올라섭니다.

“왕!”

순간 커다란 물체가 선글라스를 덮쳤습니다.

“으악!”

선글라스는 ‘우당탕탕’ 마루 밑으로 굴러 들어갔습니다.

“웅이야!”

완수가 뛰어 들어왔습니다. 장군이가 마룻바닥을 박박 긁어 대며 무시무시하게 짖어 댔습니다.

“개는 싫어~ 치워 줘!”

마루 밑에서 겁에 질린 선글라스가 비명을 질러 댔습니다.

‘앵앵~’ 사이렌 소리가 운동장에서 들려왔습니다.

“우리 아빠가 경찰에 신고했어!”

완수가 내복 바람으로 신이 나서 말했습니다.

웅이가 집에 돌아온 것은 새벽 5시가 넘어서였습니다.

‘어, 할머니가 오셨나?’

댓돌 위에 할머니 신발이 놓여 있습니다. 방에 들어서며 불을 켜자, 할머니가 방에 쓰러져 있습니다.

“할머니, 왜 그래, 어디 아파?”

할머니는 눈도 뜨지 못하고 신음소리만 냈습니다.

“할머니! 왜 그래? 죽지 마, 죽지 마!”

119를 불러야겠는데, 웅이네 집에는 전화가 없습니다. 할머니가 절대 전화를 놓지 못하게 했기 때문입니다.

“할머니! 조금만 기다려, 내가 119 불러올게!”

웅이는 할머니에게 베개를 받쳐 드리고 뛰쳐나왔습니다. 완수네 슈퍼에는 아직 불이 켜져 있었습니다.

“아저씨! 할머니가 아파요. 119 좀 불러 주세요!”

할머니는 응급실에서도 깨어나지 못했습니다. 웅이는 ‘엉엉’ 울었습니다. 할머니는 자기를 위해 열심히 일하며 키워 줬는데, 자기는 수정이하고 노느라 할머니한테 신경도 안 쓴 것이 양심에 찔렸습니다.

그날 저녁. 마을회관에 동네사람들이 모두 모였습니다.

“나온다, 나온다!”

동네 사람들은 모두 텔레비전을 쳐다보며 소리쳤습니다.

“첫 소식입니다. 초등학생들이 납치범들을 잡아 큰 화제가 되고 있습니다. 이 소식을 한초롱 기자가 현장에서 전해 드리겠습니다.”

여울분교 운동장에 마이크를 든 여기자가 나왔습니다.

“저는 지금 한 초등학교 운동장에 나와 있습니다. 오늘 새벽, 이 학교 학생 세 명이 이곳에서 납치범 두 명을 붙잡아 큰 화제가 되고 있습니다. 주인공들을 만나 보겠습니다.”

TV 화면에 수정이가 수줍게 서 있고 그 옆에 고양이를 쫓아가려는 장군이를 붙잡고 쩔쩔매는 완수가 나왔습니다.

"우리 아들 나왔다! 완수야~!"

완수 엄마가 큰소리로 부르자, 사람들이 와~ 하고 웃었습니다. 기자는 뚜껑 문을 소개하며 납치범들은 농촌을 돌며 고추 등을 털어 가는 농촌 빈집털이범들로, 사채업자의 납치청부를 받아 학생의 아버지를 납치하려다 오히려 학생들에게 붙잡혔다고 전했습니다. 기자는 극성스럽게 마루 밑을 기어 다니며 웅이가 만든 찐득이 부비트랩도 소개했습니다.

여울분교가 마지막 겨울방학을 하던 날. 하늘은 나무들에게 하얀 겨울 외투를 입히고 온 세상을 하얗게 단장해 주었습니다. 함박눈을 맞으며 경찰청장님이 학교로 찾아오셨습니다.

"수배 중이던 농촌털이범을 잡아 줘서 정말 고맙다. 수정 아빠를 괴롭히던 악덕 사채업자도 체포했고, 회사 돈을 횡령하고 달아났던 직원도 잡혔단다."

경찰청장님은 세 친구에게 용감한 시민 상을 주셨습니다. 정말 잘된 일은 수정이네 사정이 방송되면서 수정 아빠가 다시 사업을 시작할 수 있게 된 것입니다. 웅이는 수정이를 마음껏 축하해 주고 싶은데 잘 안 됩니다.

웅이는 혼자 마루 밑에 들어가 매트리스에 누웠습니다. 마루 밑은 이

퐁틱탁톡

제 웅이의 왕국이 아닙니다. 세상에 알려지면서 진짜 '잃어버린 왕국'이 되고 말았습니다. 더 슬픈 것은 꿈을 꾸어도 친구들을 만날 수 없는 것입니다. 웅이는 비밀금고에 넣어 두었던 친구들을 모두 꺼내어 바닥에 내려놓았습니다.

"몽당 할배, 정말 미안해."

지우개 할매, 색종이 누나들, 크레파스 자매, 샤프 공주, 딱지 삼총사와 복숭아씨 남매, 구슬 형제, 크리스마스 방울도 이름을 불러 주며 바닥에 내려놓았습니다.

"초록아~"

초록이를 불러 보지만 마루 밑에는 아무 기척이 없습니다.

"어디 갔다. 이제 오니?"

집에 돌아오니 목사님이 기다리고 계셨습니다.

"좀 전에 할머니가 깨어나셔서 너를 찾고 있단다."

웅이는 목사님 차를 타고 병원으로 갔습니다.

할머니는 웅이를 알아보고 자꾸 눈물을 흘렸습니다.

"미안… 하다. 정말 미안해…."

할머니는 힘들게 그 말만 했습니다.

"할머니, 내가 잘못했어. 죽지 마. 내가 효도할게."

웅이는 할머니가 죽을까 봐, 겁이 나서 엉엉 울었습니다.

"목사님…."

할머니가 목사님께 할 말이 있다고 해서 간호사 누나가 웅이를 데리고 밖으로 나갔습니다.

"딸애는… 아무것도 몰라요. 다 제가 한 짓이에요."

할머니는 목사님께 힘들게 고백을 했습니다.

"서울에서 대학을 다니던 딸이 갑자기 시골집에 내려왔어요."

이제 갓 스물이 된 딸은 배 속에 아기를 가지고 있었고, 아기 아빠와는 이미 헤어졌다고 했습니다. 할머니는 딸이 자신과 똑같이 혼자 자식을 키우며 외롭게 살아갈 것이 두려웠다고 했습니다.

"딸이 아기를 낳자마자 먼 친척에게 맡기고, 딸에게는 아기를 해외로 입양을 보냈다고 거짓말을 했어요."

그리고 할머니는 전 재산을 팔아 딸을 미국으로 유학을 보내며 말했습니다.

"엄마는 너와 인연을 끊었다. 이제 너는 내 딸이 아니다. 그러니 다시는 한국으로 돌아올 생각 말고 미국에서 잘살아라."

용서를 빌며 매달리는 딸을 냉정하게 떠나보낸 후, 할머니는 친척집에서 웅이를 찾아와 혼자 키웠다고 했습니다.

"딸의 행복을 위해서였지만 웅이를 엄마와 떼어 놓은 건 잘못이었어요. 제 잘못된 생각이 웅이와 딸을 불행하게 만들었어요. 딸과 웅이에게 용서를 빌고 싶어요."

할머니는 목사님에게 딸의 미국 주소를 주면서 딸이 웅이를 만나게 해 달라고 부탁했습니다.

그날 밤, 할머니는 하늘나라로 가셨습니다. 목사님이 동네어른들과 할머니 장례를 치러 주셨고 웅이는 당분간 교회에서 지내게 되었습니다.

　살면서 정말 오지 않았으면 하는 날이 있다면, 바로 오늘입니다. 아침 일찍 교회마당에 택시가 왔습니다. 웅이는 하고 싶은 말이 있지만 우물쭈물하고 있습니다.

　"수정아, 어서 타거라."

　옷가방을 택시 트렁크에 실은 수정 아빠는 뭐가 그리 바쁜지 모르겠습니다.

　"미안해, 이럴 때 떠나서…."

　수정이가 웅이 손을 꼭 잡아 줍니다.

　"……."

　웅이는 수정이를 쳐다볼 수가 없습니다.

　"서울 가서 편지할게."

　"……."

　"여름 방학 때, 꼭 놀러 올게. 약속해!"

　수정이가 웅이 손을 잡아끌어 손가락을 걸어 줍니다. 하지만 웅이 손가락에는 힘이 하나도 없습니다. 수정이가 주소를 적은 쪽지를 웅이 손에 꼭 쥐어 주며 작게 속삭였습니다.

　"정말 고마웠어. 넌 진짜 좋은 친구야."

　수정이가 잡았던 손을 놓고 택시에 탔습니다.

　"방학 때 집으로 놀러 오렴. 아저씨가 서울 구경시켜 줄게."

　택시가 출발하자, 웅이는 교회 뒷산으로 달렸습니다.

수정이를 태운 택시가 학교 앞을 지나 삐뚤고개를 향해 달리고 있는 것이 뿌옇게 보였습니다.

"수정~아~ 잘 가~"

"잘~ 가~ 가~ 가~"

앞산이 수정이 대신 메아리로 대답해 주었습니다. 얄미운 택시는 끝내 수정이 얼굴을 보여 주지 않고 삐뚤고개를 홀쩍 넘어 사라졌습니다.

6
엄마 얼굴

웅이는 기다란 예배당 의자에 누워 눈을 감았습니다. 수정이가 나긋나긋 찬송을 부르던 모습과 눈을 꼭 감고 옹알옹알 기도하던 모습을 떠올려 봅니다. 천사 같은 그 모습을 다시 볼 수 없다는 생각이 들자, 나무의자가 얼음장 같이 차갑고 낯설게 느껴졌습니다. 앞날은 더 막막합니다. 교회에서 당분간 지내고 있지만, 언제 고아원으로 갈지 모릅니다. 그때 예배당 문이 열리며 사람들이 들어왔습니다.

"목사님, 결정은 하셨습니까?"

"아직 연락이 없어서 이렇게 애를 태우고 있습니다."

"그러면 언제까지 데리고 계실 건가요?"

완수 아버지 말에 할아버지 목사님은 선뜻 대답을 못 합니다.

"웅이는 보호자가 없기 때문에 보육시설에 갈 수밖에 없습니다. 안타깝지만 속히 결정을 하셔야 합니다. 시청 담당자가 자꾸 재촉합니다."

"미국에서 꼭 연락이 올 겁니다. 조금만 더 기다려 주세요. 완수 아버지."

"웅이한테 엄마 이야기는 하셨나요?"

"하지 않았습니다. 만약 안 찾아오면 어린 마음에 상처만 될 것 같아서요."

"웅이 엄마가 미국 간 지 10년입니다. 그곳에서 결혼도 하고 아이도 있을 텐데, 웅이를 데려가는 게 그리 간단하겠습니까?"

웅이는 누운 채 꼼짝 할 수가 없습니다.

'엄마가 미국에 살고 있다고? 완수 말이 사실이었어?'

웅이는 목사님이 나가고도 한참을 그대로 누워 있었습니다. 가슴은

콩콩 뛰고 머릿속은 온갖 생각들로 혼란스럽습니다.

'어떻게 생겼을까? 꿈에서처럼 예쁘게 생겼을까?'

그런 생각을 하는데 또 다른 생각이 모락모락 피어올랐습니다.

'창피해서 모른 척할지도 몰라.'

웅이는 왈칵 눈물이 나왔습니다.

"치사하게 데려가 달라고 사정하지 않을 거야! 고아원에도 안 가!"

웅이는 벌떡 일어나 눈물을 닦고 집으로 달려갔습니다. 할머니 옷들이 들어 있는 장롱 서랍을 뒤지자, 종이상자가 나왔습니다. 그 속에는 미국에서 온 편지가 들어 있었습니다.

'이건 엄마가 보낸 게 틀림없어!' 웅이 손이 떨렸습니다.

보고 싶은 엄마에게.

몇 달 만에 편지를 쓰는 것 같아요. 엄마가 답장을 안 주시니까, 나도 편지하는 게 점점 늦어지나 봐요. 건강하시죠? 이런 말 하는 게 참 뻔뻔하다고 느껴지지만, 엄마는 전화도 없이 사시니 이렇게 편지로 안부를 물을 수밖에 없잖아요.

저는 잘 지내고 있어요. 엄마 딸은 이번에 박사학위를 받았고 곧 취업할 예정이에요. 그동안 공부하랴 아르바이트하랴 너무 바쁘게 살다 보니 엄마를 보러 갈 엄두도 못 내고 있었지만, 이제 엄마를 보러 갈 수 있을 것 같아요. 엄마는 나와 인연을 끊자고 하셨지만 전 엄마에게 용서를 받고 엄마와 살고 싶어요.

엄마, 제가 한국에 갈 때까지 건강히 계세요.

사랑하는 딸 민자 올림.

"피~ 내 말은 한마디도 없네."

상자 속에는 도장과 예금 통장도 들어 있었습니다. 통장을 펼치자, 예금주 '정웅'이라고 적혀 있습니다. 할머니가 웅이를 위해 저금하던 통장입니다.

"그딴 엄마 필요 없어, 나 혼자 살 거야!"

혼자 살아갈 결심을 하는데 자꾸 눈물이 납니다. 웅이는 책가방에 소중한 물건들을 챙겨 넣기 시작했습니다. 엄마 냄새가 남아 있을 낡은 아기 이불을 가져갈지 잠시 망설이다가 작게 접어 책가방에 넣었습니다.

"웅이 못 봤니?"

팔에 깁스를 한 교회 할머니가 완수를 찾아와 물었습니다.

"아까 봤는데요."

점심때 웅이가 완수를 찾아왔었습니다.

"완수야, 이거 마루 밑에서 찾았어."

"어? 이거… 내 칼인데! 진짜 나 주는 거야?"

완수는 깜짝 놀랐습니다.

"도와줘서 고마웠어. 잘 있어."

"…?"

완수는 막 도착한 버스를 타는 웅이를 그저 멍하니 바라만 보았습니다.

"아이고~ 이 녀석이 기어이 일을 저지른 모양이네."

동네가 발칵 뒤집혔습니다. 목사님과 완수 아빠가 급히 차를 몰아 읍내로 갔고 할머니는 서울 수정이네 집으로 전화를 했습니다.

"네~ 에? 웅이가 집을 나갔어요?"

수정이는 가슴이 철렁합니다. 그렇지 않아도 웅이가 고아원에 가야 한다는 아빠 말에 마음이 아팠는데 가출이라니….

"네게 연락이 오면 꼭 붙잡고 있어야 한다. 알았지? 수정아."

"연락이 오면 꼭 그렇게 할게요. 할머니."

수정이는 전화를 끊고 혼자 중얼 거렸습니다.

"웅이는 꼭 찾아올 거야."

청도 시내에 도착한 웅이는 시외버스터미널로 갔습니다. 하지만 서울 가는 버스는 타지 못했습니다. 표 파는 누나가 꼬치꼬치 물어보며 보호자를 데려오든가, 보호자와 전화 통화라도 해야겠다고 끝까지 우겼기 때문입니다. 어린이는 보호자 동의 없이 장거리 여행을 할 수 없다고 했습니다. 그렇다면 기차를 타는 것도 안 될 게 뻔합니다. 하지만 이대로 포기할 수는 없습니다.

'그래, 택시를 타고 가는 거야! 그런데 서울까지 얼마면 될까?'

웅이는 농협으로 들어가 통장과 도장을 창구에 앉아 있는 누나한테 내놓았습니다.

"얼마를 찾으실 건가요? 손님."

웅이는 갑자기 말문이 막혔습니다. 은행에서 돈을 찾아 본 적이 없어서 어떻게 해야 할지 모릅니다.

"그… 그냥 다 주세요."

통장을 들여다보던 누나가 눈이 동그래지며 웅이를 쳐다봅니다.

"이걸 다?"

누나는 잠시 생각하더니, 말했습니다.

"잠깐 기다려 줄래?"

웅이는 의자에 앉아 기다렸습니다. 잠시 후, 은행으로 경찰 아저씨가 들어왔습니다.

"이 학생입니까?"

웅이는 경찰 아저씨와 지점장실로 들어가 앉았습니다.

"이렇게 많은 돈을 어린 학생이 찾으려면 보호자와 같이 오거나, 경찰이 집까지 경호해 줘야 한단다. 왜 어른과 같이 오지 않았는지 말해 줄 수 있겠니?"

지점장님이 부드럽게 물었지만 웅이는 입을 꼭 다물었습니다. 이대로 다시 돌아갈 수는 없습니다. 웅이 입을 열어 보려고 한참이나 애쓰던 지점장님과 경찰아저씨는 웅이의 신원조회를 위해 밖으로 나갔습니다.

"점심 못 먹었지? 누나랑 같이 햄버거 먹을까?"

은행 누나가 다정하게 물어봅니다. 웅이가 고개를 끄덕이자, 누나가 밖으로 나갔습니다. 웅이는 살그머니 밖으로 빠져나왔습니다.

거리는 어두워졌고 쌀쌀합니다. 웅이는 숨어 있던 택배회사 주차장에서 나왔습니다. 배에서 꼬르륵 소리가 납니다. 통장과 도장을 은행에 두고 나와서 주머니에는 만 원짜리 두 장과 동전 몇 개가 전부입니다. 빵이라도 사 먹고 싶지만 수정이에게 가는 차비를 먹어 버릴 수는 없습니다. 웅이는 택배회사 간판을 보며 혼자 중얼거렸습니다.

"나를 택배로 부쳐 주면 얼마나 좋을까? 받는 사람은 김수정. 큭큭!"

그때 기가 막힌 아이디어가 떠올랐습니다.

"그래, 서울 가는 택배차를 타고 가는 거야!"

주차장 안에 서 있는 화물차들을 살펴보니, 앞 창문에 '서울 양재'라고 쓰여 있는 차가 있습니다.

잠시 후, 아저씨들이 커다란 포대들을 차에 싣기 시작했습니다.

"박 기사님! 식사하러 같이 가시죠?"

"짐을 묶어야 하니까, 먼저들 가."

"시간 많은데 갔다 와서 묶죠? 그러다가 식당 문 닫으면 밥 먹을 데도 없어요."

저녁을 먹으러 아저씨들이 몰려 나간 화물주차장은 조용합니다. 웅이는 얼른 화물차 뒤에 올라 커다란 고추포대 사이로 비집고 들어갔습니다. 바닥이 얼음장이라 가방을 깔고 앉은 것까지는 좋은데, 고추냄새가 어찌나 매운지 눈물 콧물이 하염없이 줄줄 쏟아집니다. 코로 숨 쉬기도 괴로워 입을 벌려 숨을 쉬어야 했습니다. 웅이는 책가방에서 아기 이불을 꺼내 얼굴에 덮었습니다. 엉덩이와 몸은 춥지만 얼굴은 그나마 견딜 만합니다. 서울까지 얼마나 걸릴지 모르고, 얼어 죽을 지도 모르지만 이젠 다른 선택을 할 수도 없습니다.

"난 절대 포기하지 않아! 수정이를 꼭 만날 거야!"

잠시 후, 돌아온 아저씨들이 웅이가 들어 있는 포대들 위로 파란 비닐 천을 덮고 밧줄로 지그재그로 단단히 묶었습니다.

"계세요?"

교회 마당에 누가 왔습니다.

"누구요? 어디서 본 듯한데…"

"저, 기억 못하시겠어요? 정순복 씨 딸, 민자예요."

"에구머니나! 여보~ 여보! 여기 좀 나와 봐요!"

할머니가 놀라 소리치자, 목사님이 나왔습니다.

"민자 씨, 잘 왔어요. 편지는 받았지요?"

"편지요? 받지 못했는데요. 엄마한테 무슨 일이 생겼나요? 집에 아무도 없던데요."

"좀 여러 가지 일이 있었어요."

마루에 앉아 자초지종을 들은 웅이 엄마는 눈물만 흘리고 말을 못 했습니다.

"어머니께서 돌아가시면서 민자 씨가 오면 엄마를 용서해 달라고 부탁했어요."

"엄마~ 엄마~ 미안해요. 흑흑!"

웅이 엄마는, 엄마를 부르며 꺼이꺼이 울었습니다.

 퐁틱탁톡

“웅이가 은행에 돈을 찾으러 갔다가, 직원이 경찰에 알리는 바람에 달아났더군요. 웅이가 워낙 똑똑하니까, 너무 걱정은 마세요. 무사히 돌아올 겁니다.”

“엄마가 아무리 못 오게 했어도 한번은 찾아왔어야 하는 건데⋯ 제가 너무 나빴어요. 모두 제 잘못이에요. 다 제가 저지른 일이에요. 흑흑!”

“웅이는 서울에 간 것 같아요. 친하게 지내던 수정이가 서울로 이사 갔거든요. 버스터미널에서 서울 가는 버스를 타려던 것도 알아냈어요.”

웅이 엄마는 어찌해야 좋을지 몰라 안절부절못하며 눈물만 흘렸습니다.

“민자 씨, 서울에 가서 기다리시는 게 어떻겠어요? 웅이를 찾아다니기보다는 서울 수정이네 집에서 기다리는 게 더 좋을 것 같은데⋯.”

“그럴 게요. 제가 서울 가서 기다릴게요. 웅이가 이리 오면 꼭 연락해 주세요.”

웅이 엄마는 수정이네 전화번호와 주소를 받아 들고 서울로 떠났습니다.

고속도로에 눈발이 날리기 시작합니다. 달리는 화물차 포장 속은 굉장합니다. 포장에 부딪치는 바람소리와 타이어가 도로에 마찰하며 달리는 소리, 차들이 빠르게 지나가며 울리는 경음기 소리로 귀가 먹먹합니다. 매운 고추 냄새와 눈물콧물은 그나마 적응이 되어 가는데 틈새로 들어오는 칼바람과 얼음장 같은 바닥은 어쩔 도리가 없어 온몸이 꽁꽁 동태가 되어 갑니다.

‘내가 죽으면 수정이가 슬프게 울어 줄까?’

눈물이 가득 고인 수정이의 커다란 눈을 떠올리자, 마음 한쪽에 구멍이 쑹 뚫리는 것 같습니다. 슬픈 상상을 해서 그런지 더 춥습니다. 웅이는 즐거운 상상을 해 보기로 합니다. 수정이를 만나면 우선 따끈한 어묵 국물을 마시며 매운 떡볶이를 배 터지게 먹고 싶습니다. 땀이 쭉쭉 나고 힘도 불끈 솟을 것 같습니다. 따끈한 상상을 하자, 몸까지 훈훈해지는 기분입니다.

‘그 다음엔 놀이동산에 가야지.’

사실 놀이동산에는 한 번도 가 본 적이 없습니다. 제일 멀리 가 본 곳이 학교에서 단체영화 관람을 갔던 읍내 극장입니다. 집에는 텔레비전이 없지만 학교 TV에서는 놀이동산을 본적이 있습니다. 그리고 완수가 떠벌리는 자랑을 통해서도 무슨 놀이기구가 제일 스릴 있고 재미있는지 대충은 압니다.

‘제일 먼저 스페인해적선을 타 볼까? 그 다음엔 범퍼카를 타고 수정이와 박치기하며 놀고 그 다음에는 열기구도 타볼 거야… 근데… 왜 이렇게 졸리지? 음냐, 음냐.’

웅이는 졸음을 쫓으려고 애를 써 보지만 이내 깊은 잠에 빠지고 말았습니다.

화물차는 눈보라를 뚫고 서울로, 서울로 달렸습니다.

‘그림하고 똑같아!’ 웅이 엄마를 본 수정이는 신기했습니다.

“엄마는 한국에 오지도 말고, 엄마를 찾지도 말라고 하셨어요. 전 엄

 퐁틱탁톡

마가 제게 화가 나서 그러신다고만 생각했어요. 몰래 웅이를 키우기 위해 그러셨다는 건 생각도 못했어요.”

“너무 자책하지 마세요. 경찰이 찾고 있으니까, 곧 만날 수 있을 거예요.”

수정 아빠가 위로했지만, 웅이 엄마는 추운 날씨에 웅이가 잘못될까 봐 어쩔 줄 몰라 했습니다.

‘결혼하셨을까?’ 수정이는 너무 궁금했지만 지금 그런 걸 물어볼 수는 없습니다.

“저희 집에서 웅이를 기다리시는 게 좋을 것 같은데… 어떻게 하시겠어요?”

“그렇게 해 주세요. 네, 여기서 기다리게 해 주세요.”

웅이 엄마는 수정이 방에서 기다리기로 했습니다.

“둘이 친했다던데, 웅이 얘기 좀 해 줄래?”

수정이는 웅이 엄마랑 밤이 깊도록 이야기를 했습니다. 사슴벌레 이야기랑, 마루 밑에서 놀던 이야기, 또 납치범 잡은 이야기도 했습니다.

“웅이는 재활용 천재예요.”

“웅이가?”

“쓰레기로 보이는 것도, 쓸모 있게 하는 재주가 있어요.”

하지만 완수 엄마에게 억울하게 당했던 이야기는 하지 않았습니다. 웅이 엄마에게서 좋은 냄새가 났습니다. 수정이는 냄새에 끌려 그 품에 안기고 싶었습니다.

화물차는 고속도로에서 양재IC로 빠져나와 화물터미널로 들어섰습니다. 화물차를 주차장에 세운 박 기사는 시계를 봅니다. 새벽 3시입니다.

"짐을 풀려면 2시간은 더 있어야겠네."

박 기사는 차 시동을 끄고 운전석에 기대어 눈을 감았습니다. 어디선가 가냘픈 신음소리가 들려옵니다. 가만히 귀를 기울이니, 소리가 화물이 실린 차 뒤쪽에서 났습니다.

"이건 화물칸에서 나는 소리 같은데… 고양이가 숨어들었나?"

박 기사는 밖으로 나왔습니다. 고양이가 화물을 물어뜯으면 큰일입니다. 화물을 덮은 포장에 귀를 대고 소리를 들어보니, 다시 조그맣게 신음소리가 들려왔습니다.

"이건 고양이가 아닌 것 같은데?"

화물을 단단하게 잡아 맨 밧줄을 풀고 포대들을 들어내자, 고추 포대 틈에 어린 남자애가 끼어 있습니다.

"어이쿠! 애, 정신 차려!"

웅이 몸은 얼음장처럼 차가웠습니다. 잠시 후, 119 구급차와 경찰이 오고 웅이는 '앵~ 앵' 병원 응급실로 실려 갔습니다.

수정이는 웅이 엄마 품에서 전화 벨소리를 들었습니다.

"강남 경찰서입니다. 혹시 김수정 씨 계신가요?"

"네, 제가 수정이 아버지인데요. 혹시 웅이를 찾으셨나요?"

"아, 이름은 모르겠고요. 웬 초등학생이 이 전화번호를 가지고 있어

 퐁틱탁톡

서 신원을 확인하기 위해 전화했습니다."

"그 아이가 웅이가 맞을 겁니다. 저희가 가겠습니다. 거기가 어딥
니까?"

"여기는 내곡동에 있는 서울어린이병원입니다."

웅이는 자는 듯이 침대에 누워 있습니다. 엄마는 웅이 얼굴을 자꾸 쓰다듬으며 하염없이 눈물을 흘립니다.

"조금만 늦었어도 큰일 날 뻔했습니다. 다행이 몸이 아주 튼튼한 아이라 조금 지나면 깨어날 겁니다."

엄마는 의사 선생님 말에 눈물을 글썽이며 고맙다는 인사를 하고 또 했습니다. 수정이는 웅이 손을 잡고 작은 목소리로 속삭였습니다.

"네가 올 줄 알았어. 넌 해결사잖아, 어서 일어나!"

수정이와 아빠가 집으로 돌아간 후, 엄마는 경찰이 주고 간 웅이 책 가방을 열었습니다. 그 속에는 웅이가 그린 엄마의 얼굴이 들어 있었습니다.

"미안해! 정말 미안해… 내 아들… 내 아들…."

처음 듣는 목소리지만 왠지 낯설지가 않습니다. 이마에 따듯하고 부드러운 손길이 닿았습니다. 봄마다 삐뚤고개에서 맡던 아카시아향기도 났습니다.

'엄… 마?'

하지만 눈을 뜰 수가 없습니다. 마음이 복잡합니다. 엄마의 미안한 손길이 차가운 웅이의 손과 발을 문지릅니다. 자꾸 자꾸 문지릅니다. 엄마의 따스한 온기가 꽁꽁 얼어붙었던 웅이 마음을 조금씩 녹여 주었습니다. 웅이의 서러움과 원망이 녹아내려 눈가에 고였습니다.

커튼 사이로 비집고 들어온 아침햇살이 웅이 눈물을 만나 반짝하고 빛났습니다. 웅이가 엄마 손을 살며시 잡았습니다.

"내 아들… 내 아들, 미안해. 엄마가 미안해."

엄마는 웅이를 꼭 안았습니다. 세상 그 무엇도 떼어 놓을 수 없도록 꼭 끌어안았습니다. 웅이는 엄마 품에서 숨이 막히도록 행복했습니다. 웅이도 엄마를 꼭 안았습니다. 두 사람은 더 이상 아무 것도 필요 없었습니다.

다시 여름이 왔습니다. 까치가 요란하게 울어대는 삐뚤고개에 승용차 한대가 넘어옵니다.

"어? 완수다!"

완수가 반바지 차림으로 장군이와 한가로이 걸어가고 있습니다.

"완수야!"

수정이를 본 완수가 큰 입을 더 크게 벌리며 다가왔습니다.

"완수야! 점심때 교회로 와."

차 안에서 웅이가 완수에게 말했습니다.

조용하던 여울마을에 이장님 목소리가 우렁차게 울려 퍼집니다.

"에! 에! 여울마을 주민 여러분~ 오늘 12시에 여울교회에서 주민들을 위한 잔치가 벌어집니다. 서울에서 온 웅이네와 수정이네가 마을 어른들께 감사의 마음을 전하는 잔치이니, 한 분도 빠짐없이 모두 오셔서 감사의 마음을 받으시고 맛난 점심도 즐기시기 바랍니다! 다시 한 번 말씀드립니다! 오늘 낮 12시에….."

여울교회 주방에서는 잔치준비로 바쁩니다. 서울에서 가져온 음식들과 동네 할머니들이 만드는 음식들이 맛난 냄새를 풍기며 착착 준

비되고 있습니다. 명이네 엄마, 아빠와 쌍둥이 자매도 와서 돕고, 웅이 엄마와 수정이 아빠도 인사하랴, 상 차리랴 분주합니다. 완수는 벌써 와서 전을 부치고 있는 완수 엄마에게 부침개를 받아먹느라 신이 났습니다.

웅이는 장군이가 묶여 있는 삼거리 완수네 슈퍼로 내려갔습니다.

"장군아! 미안해…. 많이 아팠지?"

장군이가 다가와 커다란 눈으로 웅이를 멀뚱멀뚱 쳐다봅니다.

웅이가 주머니에서 커다란 소시지를 꺼내 비닐을 벗기자, 장군이는 펄쩍펄쩍 뛰며 '충성! 충성!' 꼬리를 흔들어 댑니다.

"이건 고마워서 주는 거야. 장군아! 정말 잘했어."

장군이는 팔뚝만 한 소시지를 먹느라 요란합니다. 그 모습을 보는 웅이 마음이 찡~ 합니다. 알고 보면 세상에 나쁜 동물은 하나도 없는 것 같습니다. 모두 자기 역할이 있는 거니까요.

친구들은 폐교가 된 학교로 갔습니다. 운동장에 우거진 잡초가 발에 척척 걸립니다.

"어떻게 같이 왔어?"

완수가 갸우뚱하게 물어봅니다.

"응, 같은 동네 살아."

"학교도 같은 학교야, 우면초등학교."

수정이와 웅이가 신이 나서 번갈아 말했습니다.

"웅이, 너는 누구랑 살아?"

완수는 그게 제일 궁금한 것 같습니다.

"엄마랑! 엄마가 그 근처 연구소에 다니시거든."

완수는 웅이 대답에 무엇이 좋은지 헤벌쭉 웃었습니다. 웅이 엄마는 미국에서 취직이 됐지만 웅이 행복을 위해 수정이가 사는 동네에서 살기로 했습니다. 웅이 엄마의 행복은 웅이가 행복한 거니까요.

"결혼도 아직 안 하셨어."

수정이가 완수에게 속삭이듯 말했습니다.

친구들은 화단인지, 풀밭인지 모르게 된 화단 앞으로 갔습니다.

'초록이는 잘 있을까?'

웅이는 수없이 드나들던 뱀 구멍 속에 얼굴을 디밀어 속을 들여다봅니다. 희미한 마루 밑은 조용합니다. 이제는 마루 밑에 들어갈 수가 없습니다. 뱀 구멍보다 몸도 커졌고 사건이후, 뚜껑 문은 자물쇠로 채워졌기 때문입니다.

웅이는 처음 마루 밑에 들어가 초록이를 만났던 일들이 줄줄이 생각납니다. 비록 꿈속에서였지만 웅이가 처음 사귄 좋은 친구들이었습니다. 친구들 모습을 하나, 하나 떠올리며 추억에 잠겼습니다. 몽당 할배, 지우개 할매, 크레파스 자매, 색종이 누나들, 복숭아씨 남매, 딱지 삼총사, 그리고 언제나 웅이를 도와주던 똑똑한 초록이…

그때 누군가 힘차게 뱀 구멍으로 걸어 나왔습니다. 하나, 둘, 셋, 넷! 멋진 뿔을 단 사슴벌레들이 반짝이는 갑옷을 입고 당당한 걸음으로 마루 밑에서 나왔습니다. 그 뒤로 장수풍뎅이가 우뚝 솟은 우람한 뿔을 치켜세우고 나왔습니다. 웅이와 수정이가 구해 준 애벌레들이 성충이 되어 세상 밖으로 나오고 있었습니다.

"잘했어, 정말 잘됐어!"

쪼개진 장작더미에서 죽을 뻔했던 애벌레들이 멋진 사슴벌레로 변해 세상을 향해 힘차게 내딛는 발걸음에 친구들이 박수를 치며 기뻐해 주었습니다.

운동장 느티나무의 매미들도 '맴맴' 축하 노래를 불러 주었습니다.

웅이는 문득 초록이와 친구들이 했던 말이 생각났습니다.

"보이지 않는 왕은 항상 우리와 함께 있어."

그리고 마음속에 한 가지 사실을 깨닫게 되었습니다.

우리가 누군가를 순수하게 사랑하고 그를 위해 자신을 아낌없이 내어 준다면 우리 안의 행복 샘이 활짝 열린다는 사실을요.

- 끝 -

퐁틱탁톡

ⓒ 아몬드파파, 2025

초판 1쇄 발행 2025년 5월 19일

지은이   아몬드파파
그린이   일공
펴낸이   이기봉
편집   좋은땅 편집팀
펴낸곳   도서출판 좋은땅
주소   서울특별시 마포구 양화로12길 26 지월드빌딩 (서교동 395-7)
전화   02)374-8616~7
팩스   02)374-8614
이메일   gworldbook@naver.com
홈페이지 www.g-world.co.kr

ISBN   979-11-388-4286-0 (03810)

책의 용지는 100g 미색모조지를 사용하였습니다.